10 18

12, avenue d'Italie — Paris XIIIe

Sur l'auteur

Magdalen Nabb est née en 1947 à Church, un village du Lancashire. Après des études d'art, elle enseigne la céramique. Ses œuvres de jeunesse ont d'ailleurs été exposées dans de nombreuses galeries. En 1975, elle visite Florence et, sous le charme de la ville, décide de s'y installer. C'est en 1981 qu'elle écrit son premier roman policier, *Le Gentleman florentin*, salué par Georges Simenon d'un retentissant bravissimo ! En 1982, *Le Gentleman florentin* est élu meilleur premier roman policier par la British Crimes Writer's Association. Depuis, Magdalen Nabb se consacre à plein temps à l'écriture. Elle a déjà publié onze titres de la série Guarnaccia. Magdalen Nabb a par ailleurs écrit une série de romans pour les enfants, avec pour héroïne récurrente une certaine Josie Smith, qui a connu un incroyable succès en Angleterre.

LE GENTLEMAN FLORENTIN

PAR

MAGDALEN NABB

Traduit de l'anglais
par Jean-Noël CHATAIN

10|18

INÉDIT

« Grands Détectives »
dirigé par Jean-Claude Zylberstein

Du même auteur
aux Éditions 10/18

Titre original :
Death of an Englishman

(publié pour la première fois en 1981
par William Collins Sons & Co Ltd., Londres)

ISBN 2-264-03141-7

PREMIÈRE PARTIE

CHAPITRE PREMIER

Le petit bureau baignait dans l'obscurité, hormis aux abords de la veilleuse rouge, près du téléphone, sur le secrétaire, et, dans cette tache de lumière, posés sur une liasse de papiers, les gants blancs en chevreau viraient au rose. Une veste d'uniforme noire reposait sur le dos d'une chaise pivotante, de même qu'un manteau militaire assorti et boutonné avec soin se trouvait suspendu à un cintre, derrière la porte, à côté d'un chapeau parfaitement brossé. Il restait juste assez de place, le long d'un mur peint en blanc, pour un lit de camp, et sur celui-ci, les jambes placées de sorte à ne pas froisser la bande rouge en bas de son pantalon, était allongé le carabinier Bacci. Il accomplissait son service de nuit. Les traits de son visage florentin traduisaient la sérénité. Il dormait.

Il était jeune et dormait d'un sommeil profond, un exemplaire du Code de procédure pénale ouvert sur la poitrine et un manuel de stratégie militaire posé au sol, à ses côtés. Il avait souhaité demeurer éveillé toute la nuit et étudier, mais l'atmosphère confinée du petit bureau, la douceur de la lueur rouge et le silence avaient contribué à ce qu'il ferme ses yeux bruns, même si, en songe, il lisait encore.

Dans son cercle de lumière, le téléphone retentit,

strident et insistant. Le carabinier Bacci avait bondi, avant de se réveiller, et saluait déjà avant d'avoir mis pied à terre. Lorsqu'il comprit d'où provenait le bruit, il eut tôt fait de saisir le combiné, avant que celui-ci ne réveillât l'adjudant. Une petite voix bouleversée déclarait :

— Adjudant Guarnaccia, mon adjudant... vous feriez bien de venir ici tout de suite. C'est l'Anglais, il...

— Un instant.

Le carabinier Bacci alluma la lampe principale à tâtons et s'empara d'un crayon.

— Adjudant ?

— Ce n'est pas l'adjudant Guarnaccia, mais le carabinier Bacci qui vous parle. Qui est à l'appareil ?

Il y eut une pause, puis la voix poursuivit, docile :

— Cipolla, Gianpaolo Maria.

— Et l'adresse ?

— Mon adresse ?

La voix était si faible que le carabinier Bacci se demanda s'il parlait à un homme ou à un gamin.

— Votre adresse et celle d'où vous appelez, si elles sont différentes.

— Via Romana, 83 rouge, c'est la mienne.

— Et vous appelez de... ?

— La Via Maggio, au numéro 58.

— Et un crime y a été commis ?

— Oui, c'est l'Anglais... Est-ce que l'adjudant n'est pas là ? Ma sœur habite à côté de chez lui, et son mari est jardinier au Boboli, alors je le connais... et l'adjudant...

— Puis-je vous demander seulement, reprit le carabinier Bacci, avec toute la froide dignité de ses deux mois d'expérience sur le terrain, ce que vous faites Via Maggio en plein milieu de la nuit, si vous habitez Via Romana ?

Nouveau silence. Puis la petite voix prononça :

— Mais... c'est le matin... Je travaille ici.

— Je vois. Bien. Restez où vous êtes et j'y serai dans cinq minutes.

Le carabinier Bacci enfila sa veste et son manteau, puis ajusta avec minutie son chapeau et ses gants en chevreau. Cela le peinait de ne pas se laver et se raser, mais il pouvait s'agir d'une affaire urgente... Il hésita, tout en regardant vers la porte qui menait au logement de l'adjudant, puis ses yeux revinrent vers celle où avait été accroché son manteau et où l'on distinguait à présent un Beretta calibre 9, suspendu avec son étui et ses sangles de cuir blanc. L'adjudant transpirait dans son lit, en proie à un début de grippe, et c'est la raison pour laquelle le carabinier Bacci avait insisté pour dormir au bureau, au lieu de monter se coucher à l'étage — tout à fait inutile, selon l'adjudant, mais le carabinier Bacci était réputé « parfait étudiant ». Il prit tranquillement le revolver, le vérifia, et attacha le harnais, en gardant l'œil sur la porte intérieure. Il devait réveiller l'adjudant, peut-être, ou passer un coup de fil à Bórgo Ognissanti, au cas où il aurait besoin d'aide... mais s'il téléphonait au poste central, on lui dirait sans doute de rester sur place et on lui enverrait un officier... De toute sa vie, le carabinier Bacci ne s'était jamais trouvé sur les lieux d'un crime... malgré tout... ses doigts gantés pianotaient encore en douceur sur le bureau. L'adjudant avait dit que si le moindre événement important se produisait... il pouvait fort bien ne s'agir de rien du tout, bien sûr... rien ne se passait jamais à la *stazione* Pitti...

Le carabinier Bacci n'appréciait pas l'adjudant. Tout d'abord, parce qu'il était sicilien, et il le soupçonnait, si ce n'est d'appartenir à la Mafia, d'avoir au moins des mœurs de mafioso ; et il savait que l'adjudant était au courant de ses soupçons et allait jusqu'à les encourager. Il semblait s'en amuser. Ensuite, Bacci n'aimait pas l'adjudant, parce qu'il était trop grand et gras, et souffrait d'une affection gênante aux yeux — gênante pour le carabinier Bacci —, qui le faisait pleurer en abondance quand le soleil brillait. Et comme il se plaignait constamment de l'absence de sa femme et de ses enfants, restés à Syracuse, ses chaudes larmes paraissaient souvent d'une véracité pénible... pour le carabinier Bacci. Pour sa part, l'adjudant imperturbable extirpait ses lunettes d'une des volumineuses poches où elles se trouvaient en permanence, et expliquait à tout le monde : « Tout va bien, c'est juste une affection que j'ai. C'est le soleil qui la déclenche. »

Bacci se dit qu'il ne réveillerait pas l'adjudant. La Via Maggio ne se trouvait qu'à deux pas. Il pouvait faire l'aller-retour en dix minutes puis le réveiller, si cela semblait nécessaire. Il sortit et ferma à clé la porte du bureau.

L'homme au téléphone avait raison : le jour venait de se lever. Un petit matin de décembre, humide et paresseux. Un épais brouillard jaune s'élevait du fleuve et s'infiltrait dans les rues étroites, pour étouffer les pas du carabinier Bacci, comme il sortit sous l'arcade sombre en pierre et traversa l'avant-cour en pente du palais Pitti. Les rares voitures fantomatiques qui y avaient passé la nuit se couvraient de fines gouttelettes de rosée. Il franchit la place silencieuse et coupa par une ruelle, qui passait entre les hautes bâtisses séparant la Piazza Pitti de la Via Maggio. Il frissonnait sous son lourd manteau, conscient que toute la ville dormait derrière les volets clos. Les rues étaient encore éclairées, mais comme l'étroite venelle disposait d'un seul lampadaire en fer à chacune de ses extrémités, le carabinier Bacci devait avancer avec précaution ; il se faufila entre l'inévitable rangée de motocyclettes en stationnement interdit, tandis que son nez évitait discrètement l'odeur nauséabonde des égouts qui flottait dans la brume de l'aube et que seule la circulation automobile dissiperait à l'heure de pointe, pour la remplacer par les gaz d'échappement. À mi-parcours de la ruelle, dans le coin le plus lugubre, il trébucha sur une boîte de Coca-Cola, laquelle roula sur les dalles irrégulières, dans un bruit de ferraille qui le fit tressaillir. Lorsqu'il déboucha Via Maggio, il s'arrêta et se demanda quelle direction prendre. À sa droite, l'artère où se dressaient de hauts palais Renaissance rejoignait le fleuve et le pont Santa Trinita, à présent invisible dans le brouillard ; à sa gauche, une portion plus courte de la rue conduisait à une minuscule piazza, où elle rejoignait celle en provenance du palais Pitti. Tout en observant à la fois les numérotations rouge et noire avec soin, le carabinier Bacci obliqua à gauche vers la petite place, puis la traversa... 52... 106 rouge... 108 rouge... les vieux et pâles numéros rouges se distinguaient à peine dans la lueur grisâtre, mais les grands chiffres noirs se détachaient clairement sur leurs plaques blanches, et c'était un noir qu'il cherchait... 54... 110 rouge... 56... 58. Sculpté dans la pierre, un blason indéchiffrable ornait le premier étage. Les gigantesques portes cloutées de fer montaient jusqu'à ces armoiries, et les persiennes des trois étages supérieurs demeuraient closes. Aucun rai de lumière ne filtrait, pour indiquer de quel palier provenait le coup de téléphone, et le carabinier Bacci se rendit compte qu'il avait oublié de demander quel nom il était censé chercher. Le rez de-chaussée abritait une banque et une boutique, dont la grille en métal était baissée. Le magasin marquait l'extrémité de la Via Maggio et faisait face à la petite piazza. Ce fut le commerce qui finit par lui rafraîchir la mémoire... un Anglais ; il avait lu quelque part... « Une nation de commerçants »... Il fit glisser avec délicatesse un doigt ganté de blanc sur le tableau nominatif en cuivre lustré, en consultant la liste avec soin : Frediani... Cipriani... Cesarini... non... A. Langley-Smythe, qui devrait se trouver au premier... mais sûrement pas au rez-de-chaussée. À côté de la sonnette d'en face, il n'y avait aucun nom ; il devait s'agir de la loge du gardien. Au dernier étage gauche, on découvrait un autre patronyme anglais : « Miss E. White » avec, entre parenthèses : « Landor ». Mais son interlocuteur téléphonique avait certes affirmé qu'il s'agissait d'un homme. Il appuya sur la sonnette du rez-de-chaussée. Pas de réponse. C'était peut-être un canular... ou même un piège quelconque ; cela arrivait souvent... il en avait entendu parler... le carabinier Bacci devenait un peu nerveux. Il pouvait s'agir d'un Sicilien qui en voulait à l'adjudant... ou *de terroristes* ? « Rien ne se passe jamais à la *stazione* Pitti », se répéta-t-il calmement en pensée, puis il entendit un bruit de pas. Ils semblaient proches, mais ne pouvaient provenir de l'intérieur de l'immeuble ; aucun son ne pouvait traverser ces portes. Les pas tournaient à l'angle de la rue, au-delà de la boutique ; des pas lents et lourds. Une silhouette sombre surgit du brouillard : le veilleur de nuit en train de faire sa ronde.

— Ouvrez-moi, exigea le carabinier Bacci, lorsque le vigile parvint à sa hauteur. Il y a quelque chose qui cloche ici.

— Rien ne clochait, la dernière fois que je suis passé, répliqua l'autre, flegmatique, en repoussant sa casquette en arrière.

Il choisit une clé dans le trousseau qui cliquetait dans sa main, déverrouilla l'une des deux grandes portes, puis la poussa de l'épaule, afin de l'entrebâiller d'une soixantaine de centimètres. Il lança à l'intérieur le ticket blanc prouvant aux occupants qu'il avait fait sa ronde, puis se tint en retrait. Sa radio crachota soudain, puis se tut tout aussi vite dans un sifflement.

— Et est-ce tout ce que vous avez fait lors de votre dernier passage ? s'enquit le carabinier Bacci d'une voix sévère.

— Non. Je suis monté en ascenseur et j'ai vérifié chaque porte. Vous trouverez un ticket derrière chacune d'elles, si vous entrez. Mais puisque vous êtes ici, à vous de jouer, cette fois.

— Vous pourriez entrer à votre prochain passage. J'aurai peut-être besoin que vous preniez un message...

De nouveau, le carabinier Bacci regretta de ne pas avoir eu le temps de se raser. Il se sentait moins confiant qu'au sortir du bureau.

— Je rentre chez moi, répondit le gardien. C'est ma dernière tournée. Le vigile de la banque devrait être ici à huit heures.

Il s'éloigna d'un pas assuré, choisit une autre clé et disparut dans la grande entrée suivante. Eh bien, quand l'autre agent de sécurité viendrait, il s'agirait sûrement d'un ex-carabinier plus serviable. De son épaule, Bacci poussa le chêne clouté, jusqu'à ce que la porte s'ouvrît assez pour le laisser pénétrer.

Chichement éclairé par une veilleuse, un vaste corridor dallé menait à une double porte cochère haute, laquelle s'ouvrait sans doute sur la cour centrale du bâtiment. Le carabinier Bacci trouva l'interrupteur à tâtons, qui alluma une ampoule à peine plus grosse, suspendue dans une lanterne en fer forgé, devant le portail. À sa droite se trouvait l'entrée du personnel de la banque ; à sa gauche, une loge de concierge à l'abandon, dont on avait clos la fenêtre du guichet à l'aide d'une planche. De sa démarche lente et pesante sur le sol dallé, il atteignit les portes verrouillées et obliqua à gauche dans un couloir plus petit, où un large escalier en pierre conduisait aux étages. Au pied de celui-ci, sur la gauche, étaient installées les boîtes aux lettres des résidants ; sur la droite, un ascenseur, et une porte qui paraissait mener à une réserve. Il entrevit un rayon de lumière jaune au coin de cette porte. Sur la sonnette était inscrit : « A. Langley-Smythe ». Les pas lourds du carabinier Bacci s'arrêtèrent. D'un doigt ganté, il poussa doucement la porte, jusqu'à ce qu'elle s'ouvre. Un abat-jour en parchemin éclairait un bureau poussiéreux et en désordre. Au-delà, la pièce était plongée dans la pénombre, et il n'aperçut pas A. Langley-Smythe sur-le-champ. Il vit, en revanche, près de la lampe, assis dans un fauteuil au dossier raide, un homme minuscule au visage terreux, les cheveux hérissés, vêtu d'une combinaison de coton noir.

— Alors pourquoi diable ne m'avez-vous pas réveillé ? À moins que vous ne l'ayez fait ?... Eh bien, vous avez eu tort... vous avez pris quoi ? Carabinier Bacci, je vais personnellement... Avez-vous touché quoi que ce soit ? Pour l'amour du ciel, ne touchez à rien !... Qui ça ? Qu'est-ce qu'il faisait là ?... une minute, il faut que je trouve un... *Atchoum !* Il n'a pas l'air d'être en état de choc, il *est* en état de choc. Sa femme gît sur son lit de mort ; il se peut même qu'elle soit décédée la nuit dernière ; sa sœur est là-bas, Via Romana, alors qu'est-ce qu'il fabrique... ? Écoutez... contentez-vous de le garder avec vous, jusqu'à ce que j'arrive ; va falloir que j'appelle d'abord Bórgo Ognissanti... et ne touchez à rien... Oh, Seigneur !

Il téléphona au central.

L'adjudant Guarnaccia enfila avec peine et lenteur son uniforme, tout en reniflant presque sans cesse. Il se sentait souffrant, la tête lui tournait, et tout son corps était fiévreux et endolori. Il trouva de l'aspirine dans la salle de bains et en avala une demi-douzaine de comprimés avec quatre gobelets d'eau minérale, qui laissèrent sa gorge aussi brûlante et sèche qu'au début. Demain, il devait rentrer chez lui pour Noël ; il ne pouvait pas être malade ; il ne pouvait pas passer Noël tout seul et souffrant dans son logement de Florence, quand tous les autres Siciliens de la ville, chargés de gros paquets et de valises fermées par une ficelle, se bousculeraient pour grimper dans les trains pleins à craquer en partance vers le Sud. Il renifla encore bruyamment et sortit sous le porche, tandis que la froide humidité enveloppait son visage fébrile et lui donnait le vertige. Un soleil moiré perçait à peine le ciel matinal, et l'adjudant Guarnaccia se mit à pleurer. Dans un soupir, il plongea la main dans la poche de son manteau et chaussa une paire de lunettes noires.

Lorsque l'adjudant y parvint, l'appartement de l'Anglais était aussi animé qu'une gare ferroviaire. Plus d'une douzaine de personnes s'y affairaient, tandis que deux brancardiers de l'institut médico-légal, appuyés contre le chambranle de la porte d'entrée, discutaient ferme avec le brigadier de faction.

— J'arrive pas à le digérer, et c'est ce...

— Ce qui compte, c'est la température de l'huile ; si tu essayais la façon dont ma mère le fait...

— Pour ma part, un bon bifteck...

L'adjudant passa devant eux en leur adressant un signe de tête.

— Jésus, Marie, Joseph, souffla-t-il, une fois à l'intérieur.

Il ne regardait pas le corps d'A. Langley-Smythe, qui, de toute façon, lui était caché par deux photographes, le substitut du procureur et le professeur Forli de l'institut médico-légal ; ses yeux observaient la cour et la silhouette pitoyable du petit homme d'entretien, dans sa combinaison noire étriquée. Voilà une dizaine d'années qu'on avait dû installer une porte-fenêtre dans l'épais mur de pierre, et l'agent de service se trouvait là dehors, en train de ramasser des détritus sur les dalles moussues entourant les pots de fleurs en terre cuite, avant de les mettre dans un sac en plastique. Sa figure présentait une pâleur verdâtre.

— J'ai cru qu'il s'évanouirait s'il restait ici plus longtemps, expliqua le carabinier Bacci, lequel avait lui-même manqué défaillir lorsqu'il s'était trouvé seul avec le cadavre. Apparemment, il nettoie la cour une fois par mois, ainsi que les escaliers et l'entrée, qu'il fait chaque semaine. J'ai pensé que ça lui changerait les idées, puisqu'il devait attendre... et comme vous avez dit que sa femme était souffrante...

— Elle est morte, murmura l'adjudant, ses grands yeux fixés sur la silhouette courbée au-dehors.

En sortant, il avait pris le temps de passer chez le voisin, et le jardinier lui avait ouvert, les prunelles rougies, l'ombre d'une barbe sur le visage. Il préparait le petit déjeuner pour les enfants, puisque son épouse se trouvait encore Via Romana.

Autour du corps, le groupe se séparait. Le capitaine chargé de l'affaire sortit de la chambre à coucher, où ses techniciens étaient à l'œuvre, et considéra le substitut du procureur en haussant le sourcil. L'autre tourna son propre regard vers le ciel. Inutile de le dire... Il fallait que cela se produise à une date si proche des fêtes de fin d'année...

— Et aucune chance qu'il s'agisse d'un suicide, soupira le substitut.

— Ça m'étonnerait. On lui a tiré dans le dos et aucune arme n'a été retrouvée.

— Eh bien, faites ce que vous pouvez...

Faites ce que vous pouvez pour tirer cela au clair avant Noël... Le substitut échangea une poignée de main avec le capitaine et le professeur Forli, qui lui aussi s'apprêtait à partir et refermait sa trousse. L'adjudant se tourna vers lui, plein d'espoir :

— Pensez-vous que vous pourriez...?

— Rien, répondit machinalement le professeur. Pas avant la fin de l'autopsie, sinon voyez vous-même. Et puis tout va dépendre de ce qu'on saura de l'heure de son dernier repas... Espérons qu'il fréquente un restaurant ; ça semble probable, c'était à l'évidence un célibataire.

Le professeur, un homme élégant aux cheveux poivre et sel, posa un regard sur la poussière omniprésente avec un dégoût manifeste.

— En fait, déclara l'adjudant avec humilité, tout ça dépasse un peu mes compétences.

Il s'assit lourdement dans un fauteuil ancien et s'épongea le front.

— J'allais vous demander si vous pouviez me prescrire quelque chose pour cette fièvre.

— La grippe ?

— Je suppose.

— Qu'avez-vous pris ?

— Juste de l'aspirine.

Le professeur lui tâta le pouls :

— Vous devriez être au lit.

— Je sais.

Les yeux de l'adjudant se portèrent sans le vouloir sur le carabinier Bacci, qui se balançait doucement sur ses talons briqués à souhait, tout en se tapotant d'une main nerveuse avec ses gants de chevreau.

— Je vois.

Le professeur avait suivi son regard.

— Et j'ai un brigadier absent pour maladie, et mon seul autre homme est déjà en route vers son domicile.

C'était partout la même chose au moment des

vacances : le lent exode inexorable vers le Sud, aussi régulier et inévitable que le sable s'écoulant dans un sablier ; ce qui entraînait un sérieux manque de personnel dans les musées, hôpitaux, banques, et autres postes de police.

— Nous sommes dans la même galère, compatit le professeur. Je vais vous prescrire un antibiotique... mais je vous préviens, vous feriez mieux de ne pas vous surmener. Laissez le jeune courir à droite et à gauche à votre place et confiez l'affaire au capitaine.

— Pas besoin de vous en faire à ce sujet. À la *stazione* Pitti, on se limite quasiment aux vols de sacs à main ; il ne fera pas appel à mes services. Je veux juste garder un œil sur ce garçon. Plus vite il regagnera l'école d'officiers, mieux ce sera. On dirait qu'ils en sortent plus jeunes d'année en année. Je dois me faire vieux.

— Ma foi, tâchez de prendre un peu de repos, en tout cas, et buvez beaucoup.

Tous deux remarquèrent au même moment la bouteille de whisky presque vide, posée près de la lampe en parchemin.

— Pas de ce truc-là.

— Je n'y ai jamais goûté.

L'adjudant buvait un demi-litre de rouge avec son repas du soir, ni plus, ni moins, et une goutte de *vinsanto* le dimanche.

— Et pas de vin non plus, pendant que vous prendrez ça.

Le professeur devinait les pensées de l'adjudant, tout en écrivant. Il lui tendit l'ordonnance et lui tapota son énorme épaule :

— Courage !

— Capitaine ?...

Accroupi dans un coin de la pièce, l'un des techniciens examinait un objet quelconque. Le capitaine s'approcha pour regarder. Un buste en majolique[1] bleu et blanc représentant la tête d'un ange. Le technicien ôtait avec soin la poussière, pour révéler un bout de ficelle entourant le cou.

— Oh non... fit le capitaine à mi-voix.

Les complications que cela allait créer ne lui disaient rien qui vaille.

— J'ai bien peur que si, monsieur...

Il tira sur la ficelle et fit apparaître son scellé en plomb.

Le capitaine se releva.

— Faites venir quelqu'un de Pitti, voulez-vous ? Essayez le docteur Biondini, le directeur de la Galerie palatine ; il devrait se trouver là-bas à cette heure-ci. Il sera sans doute capable de vous renseigner sur-le-champ, sinon, appelez-moi à mon bureau dès que vous entendrez...

Lorsque le capitaine eut regagné la chambre, le carabinier s'approcha de la silhouette à croupetons et, d'une voix timide, s'enquit :

— Que s'est-il passé ?

Il regarda le petit scellé de plomb et ajouta :

— Qu'est-ce que ça signifie ?

— Des ennuis, répondit le technicien. Rome...

Comme si les deux étaient synonymes.

— Est-ce qu'on peut diriger la lumière par ici ? Essayez de ne pas rester dans le passage, mon garçon, voulez-vous...

— On peut déjà l'emmener ?

Les brancardiers lambinaient depuis près d'une heure et demie. Devant l'appartement, le sol était jon-

1. De l'italien *majolica* (de l'île de Majorque). Faïence italienne de l'époque de la Renaissance. *(N.d.T.)*

ché de mégots de cigarettes et leur conversation commençait à s'effilocher.

— Dans le filet, remarque, et bleu. Et rien que ça, sauf peut-être une poêlée d'échalotes dans beaucoup de beurre, à l'aigre-douce.

— Les oignons me rendent malade, je n'y touche jamais.

— Vous pouvez l'emmener, dit le professeur, en sortant à la hâte pour rattraper le substitut du procureur et l'inviter à prendre le petit déjeuner dans un bar.

Les brancardiers commencèrent à déplacer la masse considérable d'A. Langley-Smythe sur la civière, et l'adjudant remarqua qu'il portait un pantalon sous sa robe de chambre, et en outre qu'il n'y avait pas beaucoup de sang, bien qu'une petite flaque se soit formée dans le coin d'un tapis persan posé près de la cheminée. Les brancardiers s'en allèrent avec leur fardeau, leurs grosses voix résonnant dans le couloir en pierre. Le capitaine et ses hommes étaient de nouveau enfermés dans la chambre, où ils semblaient avoir découvert quelque chose de digne d'intérêt. L'adjudant et le carabinier se retrouvèrent seuls au salon.

— Carabinier Bacci ?

— Oui, monsieur ?

Les yeux de l'adjudant étaient clos, ses grandes mains humides posées à plat sur ses genoux, comme pour l'aider à garder l'équilibre.

— J'ai quelque chose à vous demander tout de suite. Faites-le correctement et vite.

— Oui, monsieur.

Le carabinier Bacci se mit au garde-à-vous dans un claquement de talons.

Avec un léger tressaillement, l'adjudant lui tendit l'ordonnance et reprit :

— Sortez sur la piazza, allez chez le pharmacien, à côté du papetier, et demandez qu'on vous serve ça.

— Oui, monsieur.

Le carabinier Bacci enfila ses gants, prit l'ordonnance avec délicatesse entre deux doigts, puis gagna la porte à grandes et élégantes enjambées.

— Et vite !

— Oui, monsieur !

L'adjudant resta assis là, ses grands yeux larmoyants désormais ouverts mais dénués d'expression, et embrassa du regard tout ce qui se trouvait alentour. La pièce croulait sous les meubles, disposés dans un désordre étrange, et plus poussiéreux que réellement sales ; le genre d'atmosphère qui pousse à la claustrophobie, comme on la trouve dans les greniers et les bric-à-brac. Le mobilier rassemblait une collection hétéroclite de styles et d'époques, l'ensemble très ancien et bien trop volumineux pour une pièce même aussi haute et spacieuse que celle-ci. Il y avait quelques peintures à l'huile qu'on n'avait pas accrochées, mais simplement posées là contre les murs, au-dessus des meubles. Seuls semblaient installés le bureau et les fauteuils en cuir usé, placés devant et derrière celui-ci, et dans l'un desquels l'adjudant se trouvait à présent assis ; ainsi qu'un énorme vieux fauteuil, capitonné de velours rouge fané. Les coussins assortis épousaient l'habituelle position assise de son occupant, de même qu'un quotidien anglais était à demi enfoncé sur le côté. Le siège était placé près de la cheminée en pierre, dans le foyer de laquelle on apercevait les restes d'un feu refroidi. Des mégots de cigarettes parsemaient l'âtre. L'adjudant était tenté de laisser glisser ses membres endoloris dans les coussins en velours, mais l'empreinte du corps de l'Anglais demeurait trop évidente. Il soupira et continua à observer autour de lui.

— Très jolies, commenta-t-il à part lui, en contemplant les statues posées de part et d'autre de la cheminée.

Les deux personnages, dont la poussière accentuait les profondes sinuosités, paraissaient romains, mais il pouvait s'agir de copies florentines. Très joli, malgré tout. Un homme riche, certes, mais vivant au rez-de-chaussée... Il regarda de nouveau la cour déserte, sa forte corpulence aussi immobile et ses grands yeux aussi inexpressifs que les statues de marbre.

— Bah ! fit-il en tapotant le bras rembourré de son siège.

Son geste souleva un petit nuage de poussière, et il se hissa pour aller jeter un coup d'œil dans la salle de bains.

Cela faisait quelque temps qu'on ne l'avait pas nettoyée. Des sous-vêtements sales traînaient dans le bidet et sur le sol. Des morceaux de pâte dentifrice et des traces grisâtres de mousse à raser constellaient le lavabo, tandis que la baignoire présentait une traînée de rouille, à l'endroit où le robinet gouttait avec régularité. D'un geste machinal, l'adjudant tenta de le couper, mais n'y parvint pas.

— Mon adjudant ?

— Ici.

On sentait une faible, quoique indubitable, odeur de vomi.

Debout à l'entrée de la pièce, le carabinier Bacci tenait un paquet blanc. Ses yeux bruns prirent connaissance de l'état de la salle de bains, mais il se borna à prononcer :

— Dois-je garder les clés ?

— Non... oui, le capitaine va les réclamer, je suppose.

Tout en attendant ce dernier, ils jetèrent un œil dans la cuisine. Des tasses de café sales encombraient l'évier, une petite cafetière était posée sur la cuisinière maculée d'éclaboussures. Un frigo contenait une petite brique de lait et un demi-pain de beurre un peu rance. Dans un placard en métal, ils découvrirent un pot de café moulu de frais, de la confiture anglaise, et des biscuits tout simples mais onéreux.

— *Old England Stores*, commenta le carabinier Bacci. Dans la Via Vecchietti.

L'adjudant le regarda.

— C'est là où il devait acheter ces produits, reprit l'autre en rougissant. Ma mère y va parfois acheter du thé.

— Du thé ?

— Oui.

— *Du thé ?*

— Ils ont leur propre mélange.

Le visage du carabinier Bacci virait à l'écarlate, mais il n'avait pas l'intention d'expliquer la prédilection florentine historique pour tout ce qui provenait d'Angleterre. Il sortit une boîte en fer-blanc d'un coin du placard.

— *Old English Breakfast Tea.*

— Humpf... fit l'adjudant.

— On y va ? suggéra le capitaine, depuis l'entrée de la pièce.

Ce ne fut qu'après avoir donné les clés au gardien, à la porte, et dit de verrouiller celle-ci quand les techniciens seraient partis, que l'on remarqua la petite silhouette attendant patiemment dans l'ombre du couloir dallé.

— Cipolla, souffla l'adjudant à l'oreille du capitaine. L'homme d'entretien qui l'a découvert. Sa femme est morte hier soir, alors si vous pouviez...

— Je vois. Accompagnez-nous à Pitti, voulez-vous ? L'adjudant prendra votre déposition... venez, venez. Posez donc ce sac de détritus et allons-y.

— Ce ne sont pas des détritus, adjudant.

Le petit homme avait peur de s'adresser au capitaine en personne.

— C'est ce qu'on trouve dans la cour, poursuivit-il, les choses que les gens font tomber de leurs fenêtres et de leurs terrasses... des pinces à linge, surtout, et des jouets d'enfants, et quelquefois des vêtements qu'ils font sécher.

— Posez-le, déclara gentiment l'adjudant, là où vous le faites d'habitude, et venez avec nous. On vous payera un café et une grappa[1] en chemin ; vous avez l'air d'en avoir besoin.

Le petit homme suspendit son sac plastique à un crochet, près de la porte de l'ascenseur, où les occupants récupéreraient ce qui leur appartenait, et il les suivit, en clignant des yeux dans le matin humide et bruyant. L'adjudant chaussa ses lunettes noires. Au coin de la petite piazza triangulaire, l'activité du bar battait son plein ; sandwiches et brioches s'empilaient sur son comptoir en verre, tandis que le percolateur chauffait sans interruption.

— Que puis-je vous servir, mon adjudant ? Trois cafés, c'est ça ?

— Quatre.

Le petit nettoyeur d'immeuble refusa de manger quoi que ce soit ; les autres achetèrent des brioches, mais l'adjudant ne put avaler la sienne. Il avait trop chaud et se sentait plus mal de minute en minute. Ils se tinrent au comptoir, dans l'atmosphère embuée, et regardèrent par la porte ouverte un long autocar en provenance d'Allemagne, qui transportait des gens faisant leurs courses de Noël et se retrouvait coincé en travers du triangle, incapable de négocier un passage entre les voitures en stationnement illicite, çà et là,

1. Eau-de-vie. *(N.d.T.)*

au centre de la place. Le chauffeur avait dû passer par la Piazza Pitti, puis tenter de revenir à angle droit dans la Via Maggio, pour gagner le fleuve. Les automobilistes qu'il bloquait, dont certains n'étaient pas en vue, klaxonnaient avec fureur, pendant qu'un agent de police désespéré mais patient, coiffé d'un haut casque blanc, essayait de l'aider à reculer sans fracasser une vitrine, et de persuader les propriétaires des véhicules garés de sortir du bar pour les déplacer.

— On peut même pas prendre son petit déjeuner en paix, dans cette ville, observa l'un de ces derniers à voix haute, tout en s'accordant ostensiblement le temps de s'éponger la bouche à l'aide d'une serviette en papier.

— Un peu de patience, non ? gémit le jeune gardien de la paix, en lorgnant dans le bar, depuis l'entrée.

Les commerçants dépourvus de clients, et certains de ceux qui en avaient, sortirent pour observer le spectacle familier. Le digne papetier aux cheveux gris se tint les mains dans le dos et secoua la tête lentement devant le désordre ambiant. Le rôtisseur napolitain, auquel le papetier n'adressait pas la parole, s'essuya le front dans un tablier blanc taché et son large sourire révéla ses dents en or, tandis que les flammes de son diabolique feu de bois vacillaient dans son dos. Le bijoutier contemplait la scène, flanqué de son berger allemand. D'ordinaire, meurtre ou pas meurtre, l'adjudant aurait été enchanté de se retrouver sur la piazza, à humer les arômes entremêlés de feu de bois et de bœuf rôti, de café et de pain grillé, plutôt que d'être cloîtré dans son bureau à la *stazione* Pitti. Mais ce jour-là, le bruit et la confusion lui flanquaient le tournis, et il fut soulagé lorsqu'ils réglèrent leur café et s'en allèrent. La voiture du capitaine était garée dans l'avant-cour en pente.

— Attendez-moi ici, dit-il au chauffeur. Je vais devoir retourner au dépôt dans une quinzaine de minutes.

Comme ils continuaient à marcher, il déclara à l'adjudant :

— Il vous faudra informer le consulat britannique, qui se mettra en rapport avec son parent le plus proche, s'il en a un, et vous pourriez peut-être envoyer votre carabinier à l'*English Church and Library* pour moi ; il doit bien y avoir quelqu'un qui le connaît plus ou moins...

Les portes principales du palais Pitti étaient désormais ouvertes et quelques touristes hivernaux, de même que des groupes scolaires, traversaient la cour centrale pour rejoindre les galeries et le parc Boboli.

— Vous devez connaître ce petit quartier mieux que quiconque, alors si vous pouviez me dire quoi que ce soit au sujet des résidants de cet immeuble, avant que je ne les interroge...

Mais, tandis qu'il avançait, les énormes pierres pâles de la façade du palais ondulaient sous les verres teintés de l'adjudant. L'aspirine ne faisait plus d'effet et sa température grimpait en flèche. Peut-être même n'aurait-il pas dû prendre ce café...

Lorsqu'ils se retrouvèrent dans le bureau, il ôta son couvre-chef et ses lunettes, puis chercha un mouchoir dans ses poches. Il frissonnait et son front était humide.

— Bon sang, mon vieux, vous êtes malade !

— Désolé... Je crois que je vais devoir m'allonger...

Il ne put rien faire d'autre que de passer dans son appartement, ôter manteau et veste, pour s'asseoir sur le lit, cramponné au paquet blanc du pharmacien. À sa grande surprise, le carabinier Bacci l'avait suivi. Il était trop malade et trop préoccupé pour interpréter cette attention peu commune ; il s'inquiétait au sujet du petit homme de ménage. Il avala deux comprimés et s'étendit.

— Dites-lui... dites-lui que je risque de ne pas me rendre aux obsèques, si je ne vais pas mieux.

Ses yeux étaient clos et sa figure toute rouge.

— Mais je peux envoyer une couronne... elle était encore jeune, vous savez... le cancer, le beau-frère a dit... et il n'est pas aussi vieux qu'il en a l'air... il doit s'agir d'un meurtre, je suppose... le sang qui a imbibé le tapis... mais il n'y en a pas tant que ça... non, pas vraiment... carabinier Bacci ?

— Oui, monsieur ?

— De quoi suis-je en train de parler ?

— Vous feriez mieux de vous reposer un peu, monsieur. Y a-t-il autre chose dont vous auriez besoin ?

Aucune réponse.

Ce fut donc le capitaine qui prit place dans le fauteuil de l'adjudant et interrogea l'agent d'entretien, tandis que le carabinier prenait des notes.

Gianpaolo Maria Cipolla, né à Salerne en 1938, résidant à Florence, Via Romana 83 rouge, depuis 1952, veuf, est arrivé au 58 Via Maggio, le mercredi 22 décembre, à son heure habituelle de six heures du matin, pour nettoyer le hall d'entrée et les escaliers de l'immeuble, et lustrer la plaque et les boutons de porte en cuivre à l'extérieur. Il disposait de sa propre clé pour ouvrir le portail de la cour, car une fois par mois il assurait aussi le nettoyage de celle-ci, mais n'avait aucune clé de la porte d'entrée. Il a toujours pu pénétrer, car les agents d'entretien de la banque possédaient les clés et arrivaient aux alentours de la même heure. Le matin du 22 décembre, il n'avait pas vu ces derniers, mais chaque fois qu'ils arrivaient les premiers, ils lui laissaient la porte entrouverte. Il ne disposait d'aucune clé pour l'ascenseur, chaque occupant ayant la sienne. Il a utilisé l'escalier et commencé son nettoyage par le haut. Il a vu, au pied des marches, la porte de l'appartement du rez-de-chaussée ouverte, et remarqué qu'une lumière brillait à l'intérieur. Il est entré et a découvert l'Anglais étendu mort sur le sol, puis a téléphoné à l'adjudant, au lieu de composer le 113, les urgences, car l'adjudant habitait près de chez sa sœur, laquelle était mariée à un jardinier du parc Boboli. Après avoir téléphoné, il s'est assis et a attendu.

Le capitaine se tourna vers le carabinier Bacci :

— La porte de l'appartement était-elle ouverte ou fermée, à votre arrivée ?

— Ouverte, monsieur.

— Je l'ai ouverte pour vous.

Cipolla était toujours terrifié de s'adresser au capitaine.

— Je l'ai fermée, en entrant la première fois, mais je l'ai ensuite ouverte pour vous.

— Alors, pourquoi ne m'avez-vous pas également ouvert les portes principales ? Il y a un commutateur électronique dans l'appartement ?

— Non... pas dans celui du rez-de-chaussée, seulement dans ceux des étages.

— Eh bien, pourquoi n'êtes-vous pas sorti m'ouvrir les portes ?

— J'allais le faire... ça ne me semblait pas correct de le laisser... un mort, après tout... J'allais le faire, mais je vous ai alors entendu pénétrer...

— Le veilleur de nuit m'a permis d'entrer, monsieur.

— Trouvez-le. Je veux savoir s'il a aperçu quoi que ce soit et à quelle heure il a accompli sa dernière ronde, avant celle-là. Il nous faudra aussi passer voir les agents d'entretien de la banque. C'est dommage que vous ne les ayez pas remarqués ce matin.

Le carabinier s'empourpra. Il aurait juré qu'il n'y

avait aucune lumière dans l'immeuble, à son arrivée, mais il était si nerveux...

Le capitaine se leva pour les laisser.

— Allez d'abord au consulat britannique ; ils ont peut-être quelque chose à nous dire, et faites-moi votre rapport par téléphone, dès que vous serez de retour ici. Ne dérangez pas l'adjudant ; plus il se reposera, mieux ce sera. Je lui enverrai un brigadier.

— Entendu, monsieur.

Tel était le genre d'homme pour lequel le carabinier Bacci souhaitait travailler : élégant, autoritaire, précis. Et l'adjudant se trouvait à l'écart dans son lit. Le carabinier Bacci était aux anges.

Le petit homme d'entretien se tenait toujours là debout, après le départ du capitaine.

— Vous pouvez rentrer chez vous, lui dit le carabinier Bacci. Nous vous contacterons, si nous avons besoin de vous, et lorsque l'affaire sera formalisée, il vous faudra faire une déposition officielle au bureau du procureur de la République.

L'autre semblait encore hésitant et continuait à regarder la porte derrière laquelle l'adjudant s'était éclipsé. Le carabinier Bacci, se souvenant du message, comprit.

— L'adjudant m'a demandé de vous dire qu'il risquait de ne pas être en assez bonne santé pour assister aux obsèques ; il a attrapé une vilaine grippe, mais il vous enverra une couronne... et si je puis aussi me permettre de vous présenter mes condoléances...

— Merci... est-ce que je dois partir, alors ?

Il balaya vaguement la pièce du regard, comme s'il pensait y avoir oublié quelque chose, ses étroites épaules un peu courbées, sa touffe de cheveux noirs lui prêtant un air de surprise permanente. Il sortit sans un bruit dans la froidure, frissonnant sous sa mince combinaison de coton.

À mi-chemin, dans la Via Maggio, comme il rejoignait le consulat britannique, le carabinier Bacci s'arrêta pour se faire raser. Lorsqu'il traversa le pont Santa Trinita, l'air humide picota ses joues bien nettes. Plutôt que de se lever, le brouillard matinal s'était installé et masquait le timide soleil. En amont du fleuve, le fantôme du Ponte Vecchio, avec ses minuscules fenêtres éclairées, enjambait le néant ; en aval, les eaux en crue vert olive, et les bâtisses jaunes et grises qui le flanquaient, disparaissaient dans la brume au bout de quelques centaines de mètres.

CHAPITRE II

Vers trois heures de l'après-midi, le jour déclinait, et le carabinier Bacci, toujours vêtu de son manteau, alluma le bureau, avant de décrocher le combiné. Comme il s'apprêtait à composer le numéro, il entendit l'adjudant l'appeler et passa dans la chambre à coucher. Ce dernier était encore au lit et avait enfilé son pyjama. Il semblait respirer avec difficulté.

— Quelle heure est-il ?

— Trois heures passées à peine. Est-ce que vous devez prendre d'autres comprimés ?

— Pas avant cinq heures... Vous avez l'air mouillé, il pleut ?

— Il s'est mis à bruiner, juste un peu, mais il commence déjà à faire sombre. Je dois appeler le capitaine.

— Quoi de neuf ?

— J'ai passé le plus clair de la matinée au consulat britannique, en compagnie d'une certaine signorina Lowry.

— Comment était-elle ?

— Très jolie, elle a les cheveux roux...

— Carabinier Bacci, souffla l'adjudant, je suis ravi d'apprendre que vous êtes tombé amoureux, mais j'aimerais savoir si elle s'est montrée d'une quelconque utilité, s'ils sont prêts à coopérer.

— Oui, monsieur. Oui, elle a été très serviable, elle a appelé l'ambassade à Rome, où ils le connaissent mieux, et le consul en personne a informé la famille en Angleterre. Le seul hic, d'après elle, c'est que les parents pourraient nous créer certains problèmes, selon l'attitude qu'ils adopteront, mais nous n'avons qu'à voir venir. Ensuite, je suis passé chez le vigile ; il habite dans la Via Firesolana, et quand je suis arrivé, j'ai dû attendre qu'il se lève. Il affirme que la porte de l'appartement du rez-de-chaussée était fermée, chaque fois qu'il est passé devant...

— Les volets...

— Pardon, monsieur ?

— Vous avez dit qu'il commençait à faire noir... fermez les volets, avant de partir, et mettez la lumière, pas la grande... la lampe, celle qui se trouve ici près de moi... oui, c'est ça.

Les yeux de l'adjudant étaient clos et quelques gouttes de sueur perlaient sur son front et son nez. Le carabinier Bacci regagna le bureau et ferma la porte sans un bruit.

Le capitaine parut tout aussi déterminé à interrompre son rapport.

— Le consul actuel ne l'a rencontré qu'une seule fois lors d'une des réceptions du maire ; le précédent consul l'a peut-être mieux connu, mais il est en retraite, et, auparavant, l'Anglais travaillait à l'ambassade de Rome. Sa carte d'inscription...

— Oui, entendu, nous y viendrons plus tard. Votre passage au consulat semble avoir causé une belle agitation ; nous sommes censés être honorés par la visite de deux hommes de Scotland Yard ; l'Anglais avait à l'évidence des parents haut placés. Nos visiteurs voyageront dans le vol de cet après-midi, alors ils devraient être ici vers les quatre heures et demie. Quel est votre niveau d'anglais ?

— Assez bon, monsieur.

— Alors soyez ici à mon bureau dans une heure. Comment va l'adjudant ?

— Pas très bien, toujours au lit... il n'y a personne ici, monsieur, au bureau... je veux dire.

— Je sais. À cette époque de l'année, le contraire est quasi impossible ; je vous ai envoyé quelqu'un, alors attendez-le... je ne peux pas le laisser là-bas toute la nuit. Est-ce que l'adjudant... ?

— Il a besoin de se reposer, monsieur. Je resterai ici.

— Oui... vous serez peut-être assez aimable de m'appeler s'il arrive quoi que ce soit.

— Oui, monsieur, répondit le carabinier Bacci avec humilité.

— L'Italie ensoleillée, observa l'inspecteur principal d'une voix sèche, tandis qu'ils traversaient la piste de l'aéroport de Pise, leurs cols relevés pour se protéger du crachin brumeux.

— On est en décembre, monsieur, hasarda le jeune inspecteur, comme pour lui rafraîchir la mémoire.

Ils formaient un duo pour le moins singulier. L'inspecteur Jeffreys considérait son chef comme le produit classique d'une public school de troisième classe, dont seule l'arrogance surpassait l'ignorance. Le chef tenait Jeffreys pour un prolétaire parvenu, aigri, et dénué de tout respect. Les collègues forts de moins de préjugés estimaient qu'à son époque le chef n'avait pas son pareil pour attraper les voleurs, et que le jeune homme se révélait d'une intelligence exceptionnelle. On disait qu'il se ferait un nom, à condition d'éviter qu'on le renvoie. L'histoire selon laquelle, lors de sa première semaine d'îlotage, il avait par trois fois verbalisé la voiture du maire, garée feux éteints devant la maison de sa maîtresse, risquait fort de le suivre tout au long de sa carrière. On avait envoyé l'inspecteur principal à Florence, dans l'espoir qu'il serait à même de maîtriser la situation, en évitant toute fausse note à l'égard de la famille Langley-Smythe. On lui avait adjoint Jeffreys pour le relever d'une affaire délicate au pays, sous prétexte qu'il parlait un peu l'italien. Au cours de leur dernier déjeuner à la cantine, l'inspecteur principal interrompit sa fastidieuse ingestion d'une énorme part de tourte, accompagnée de frites, pour lui prodiguer ce conseil :

— Mangez, Jeffreys, c'est notre dernier repas correct avant quelques jours, croyez-moi.

Dans l'avion, Jeffreys avait lu un guide sur Florence, pour éviter la conversation.

Un car pullman les conduisit de Pise à Florence. De part et d'autre de l'autoroute, les vergers nus et les champs labourés paraissaient enveloppés d'une brume argentée. Une voiture de carabiniers les accueillit au terminal et les plongea dans le dédale du centre-ville, où les toits mouillés donnaient l'impression de se rejoindre dans le ciel, tandis que les longues rues, avec leurs interminables rangées de persiennes, se rétrécissaient de plus en plus, toutes semblant identiques dans la grisaille du demi-jour. Ils aperçurent brièvement les quais du fleuve, puis s'en éloignèrent de nouveau, sans le traverser. Deux gardes armés, coiffés de chapeaux napoléoniens, les saluèrent, tandis qu'une grille électronique s'ouvrait en coulissant, puis on les confia aux bons soins d'un jeune lieutenant, dont ils suivirent les bottes de cavalier rutilantes et l'épée ballante, pour gravir un vaste escalier, puis traverser toute une série de couloirs. Le grand bureau du capitaine était allumé. Il se leva derrière sa table de travail pour les saluer ; le carabinier Bacci se tenait déjà debout. Les Anglais se présentèrent.

— Inspecteur principal Lowestoft, New Scotland Yard, et voici l'inspecteur Jeffreys.

Quelques brèves formules de politesse furent traduites par les cadets, qui se jaugèrent l'un l'autre au même moment. L'inspecteur Jeffreys, lorgnant l'aspect immaculé du carabinier Bacci, resserra son imperméable froissé sur lui et se souvint qu'il lui manquait un bouton, qu'aucune de ses trois petites amies actuelles n'avait accepté de lui recoudre. Le carabinier Bacci, en considérant les boucles brunes et la tenue décontractée de l'autre, se sentit désespérément inférieur face à une assurance aussi démonstrative. Quant à l'inspecteur principal, il souhaitait s'atteler à la tâche sans tarder.

— En ce qui nous concerne, nous sommes ici à titre tout à fait non officiel, afin de fournir, disons, toute assistance en notre pouvoir pour la partie anglaise de cette affaire. La sœur de M. Langley-Smythe est mariée à... ma foi, un homme d'une influence certaine, qui aimerait savoir de quoi il retourne au juste et éviter le moindre tourment inutile à son épouse ; c'est pourquoi il souhaitait quelqu'un sur place... nous ne sommes pas ici pour interférer de quelque façon que ce soit avec votre enquête, naturellement...

Il observa avec intensité le visage du carabinier Bacci qui traduisait ceci, comme pour l'empêcher de procéder à toute modification non autorisée. Le capitaine se sentait un peu mal à l'aise, sachant que son anglais se révélait trop rudimentaire pour converser avec l'inspecteur principal sans intermédiaire. Ce dernier fut un rien déconcerté par cette faiblesse de la part du capitaine en personne, mais il persévéra.

— J'imagine que nous pouvons nous rendre utiles en interrogeant les amis anglais de M. Langley-

Smythe et ainsi de suite, afin de trouver quel genre de personne il était ; nous savons d'ores et déjà qu'il s'agissait d'un gentleman disposant de revenus indépendants et d'excellentes relations. Vous n'ignorez sans doute pas qu'il a travaillé à l'ambassade de Rome, jusqu'à ce qu'il prenne sa retraite voilà cinq ans.

— Pour nous, c'est toujours un honneur, répondit le capitaine avec empressement, lorsque quelqu'un choisit de demeurer dans notre beau pays, quand les affaires ne l'y retiennent plus.

— Oui... je suppose, convint l'inspecteur principal, songeur, comme on lui traduisait ces bribes d'éloquence. Une chose plutôt bizarre, en fait, mais je présume qu'il avait eu le temps de s'y habituer, qu'il s'était fait des amis, et tout cela... il y a pas mal d'Anglais par ici, non ?

— Beaucoup. Ce n'est qu'une éventualité, bien sûr, mais M. Langley-Smythe a pu se faire quelques amis italiens aussi.

La traduction du carabinier Bacci ne rendit pas l'ironie de la phrase.

— Humm...

L'inspecteur principal jugea plus courtois de ne pas y répondre.

— Il semble qu'il se soit fait un ennemi, en tout cas.

— À moins que le mobile ne s'avère tout à fait étranger à la personne de la victime, à savoir le vol.

— Non, non. Je ne penserais pas cela. Le vol à main armée implique un professionnel et quelque chose qui mérite d'être volé. M. Langley-Smythe n'était pas à plaindre, certes, mais sa situation n'avait rien d'extraordinaire, et tout l'argent qu'il possédait était investi en Angleterre. Selon sa banque, il retirait un très modeste montant chaque mois, sans doute pour ses frais de subsistance. Il n'était ni grand dépensier, ni collectionneur, du moins le semble-t-il... lui a-t-on dérobé quoi que ce soit ?

— Non. Rien de volé, pour autant qu'on sache.

— Eh bien, dans ce cas... ?

L'inspecteur principal regarda le carabinier Bacci pour une explication, puis le capitaine, qui contemplait ses mains sur le bureau.

— Rien n'a été dérobé, inspecteur, mais il y avait beaucoup de choses qui auraient pu l'être. Mes hommes ont découvert un coffre-fort dans le mur de la chambre à coucher, ouvert, et contenant, en devises variées, un peu moins d'un demi-million de livres sterling. Il semblerait en outre qu'il ait investi ailleurs qu'en Angleterre. À en croire son avocat, ici à Florence, il possédait de considérables placements dans ce pays et un compte numéroté dans une banque de Zurich. Il est possible que votre... gentleman influent ne se soit pas senti à même de vous parler en toute franchise à cet égard.

Le carabinier Bacci fut d'autant plus gêné pour traduire cette tirade qu'il était convaincu d'avoir vu l'inspecteur Jeffreys lui glisser une œillade de sa prunelle bleu vif.

— Pas du tout, pas du tout, se défendit l'inspecteur principal, le visage écarlate. Bien sûr, nous n'avons pas eu le temps de débattre de ces choses-là en profondeur. On nous a signalé un meurtre et non un vol.

— C'est exact. Cependant, reste la possibilité qu'il y ait eu tentative de vol, peut-être interrompue par la victime. Si nous en venions aux causes du décès...

L'inspecteur Jeffreys contempla par la haute fenêtre les lumières de l'immeuble d'en face. Il entendait qu'il y avait beaucoup de circulation, à en croire les voitures de police toutes mouillées qui, de temps à autre, partaient avec la sirène allumée. Une fois les amabilités préliminaires échangées, son italien l'avait plus ou moins abandonné, et cette affaire ne l'intéressait pas du tout, s'ils se trouvaient uniquement ici pour blanchir une réputation. Le bonhomme était sans doute homo, les Affaires étrangères en regorgeaient. Il suivit les paroles du capitaine par intermittence.

— ... Un 6.35. Un coup, tiré par-derrière à bout portant. La balle a transpercé le ventricule gauche et la mort fut quasi instantanée. Il était décédé depuis quelques heures ; quand nous aurons découvert ce qu'il avait mangé, et à quel endroit, nous pourrons être plus précis, mais le professeur Forli me laisse entendre que le décès remonterait sans doute aux premières heures de l'aube.

— L'arme ?

— Mes hommes sont encore en train de la chercher. On a trouvé un grand nombre de différentes empreintes dans le salon de l'appartement, alors il nous faut supposer, comme il vivait seul et n'employait aucun domestique, qu'il a reçu de nombreux visiteurs. On vérifie les empreintes sur nos fichiers, pour l'instant. C'est vraiment tout ce que je peux vous dire à ce stade, sauf qu'il a été découvert par l'ouvrier qui nettoie l'escalier au petit matin, et...

Le téléphone sonna.

— Gianini à l'appareil, monsieur, équipe technique. J'ai les renseignements que vous vouliez au sujet du buste en majolique. Le docteur Biondini a aussitôt reconnu la pièce, en affirmant avoir vérifié le scellé lui-même il y a six mois. Une tête d'ange réalisée par Della Robbia, Luca, et non pas Andrea. C'est une pièce particulièrement belle, selon lui.

— Je vois. Eh bien, voilà qui éclaire notre homme d'un jour nouveau.

— Plus que vous ne le croiriez, monsieur.

— C'est-à-dire ?...

— J'ai dit que Biondini a vérifié ce scellé voilà six mois à peine. Il a souhaité consulter ses fiches, pour être absolument certain, compte tenu des circonstances, qu'il ne pouvait pas se tromper.

— Et alors ?

— Il ne s'était pas trompé. Le Della Robbia appartient à une Américaine qui possède une villa, près de Fiesole. Avant la guerre, elle s'est mariée dans une famille ruinée de la noblesse italienne, et, grâce à ses connaissances à lui et à sa fortune à elle, ils se sont mis à collectionner. Le mari est mort il y a environ six ans.

— Et elle a vendu la pièce ?

— Non. Pas du tout. Selon Biondini, elle n'a pas pu être vendue sans qu'il soit au courant. En outre, la femme se trouve en Californie depuis deux mois, en visite dans sa famille, et elle a laissé seulement deux domestiques, un couple marié, dans la maison.

— Et ils y sont toujours ?

— Pas de réponse, monsieur. Biondini est en route pour là-bas, maintenant.

— J'y enverrai quelqu'un... mais il devra se mettre en rapport avec le Comité de protection du patrimoine ; je ne peux pas m'en occuper, dites-lui que j'aimerais être tenu informé. Oui... Oui... Merci.

Le capitaine raccrocha et demeura silencieux quelques instants. Il n'avait guère envie d'annoncer à l'inspecteur principal que son respectable compatriote était désormais soupçonné de vol, ou de recel, du moins. Il n'avait pas pu acheter la pièce de façon légale, puisqu'elle était répertoriée et ne pouvait être vendue, voire déplacée, sans l'approbation de l'État. Il tenta une approche indirecte :

— Vous ne sauriez pas par hasard si M. Langley-Smythe possédait un permis de port d'armes anglais ?

— Je pourrais le vérifier pour vous. Pourquoi ? En avait-il un italien ?

— Non, mais il aurait pu posséder une arme, malgré tout...

— En a-t-on trouvé une ? Existe-t-il la moindre preuve laissant supposer qu'il avait un revolver ?

— Non, non, pas encore...

— Eh bien, ne m'en voulez pas, mais il me semble que vous tentez de réunir des chefs d'accusation à l'encontre de M. Langley-Smythe, plutôt qu'à l'encontre de son assassin, quel qu'il soit.

Les yeux bleu pâle de l'inspecteur principal étincelaient soudain. Jeffreys savait ce que cela signifiait et il écoutait, à présent, en observant la tête du capitaine, tandis qu'un carabinier Bacci embarrassé traduisait les propos. Le capitaine ne trahit aucun signe de colère, mais se montra encore plus solennel, et d'une politesse excessive.

— Je suis tout à fait navré que vous le pensiez. Toutefois, vous comprenez, j'en suis certain, de par l'étendue de votre propre expérience au sein d'une institution aussi réputée que Scotland Yard, que je sois tenu d'envisager toutes les éventualités, y compris celles qui sont les plus déplaisantes pour moi comme pour vous.

« Beau parleur », songea Jeffreys, impressionné.

— Oui, eh bien, M. Langley-Smythe ne s'est pas suicidé d'un coup de revolver.

— Certes non. Mais nous savons tous deux qu'aucun professionnel n'utiliserait un 6.35 ni ne viserait le cœur. En revanche, c'est le genre d'arme que l'on garde souvent pour l'autodéfense, ce qui rend possible le fait qu'un voleur l'ait découverte sur place et s'en soit servi, si on l'avait dérangé.

— Oui, naturellement, j'y avais pensé. C'est une simple question de comportement...

Mais la situation était apaisée. La lueur froide dans le regard de l'inspecteur principal, qu'il réservait d'ordinaire aux piquets de grève et aux militants de gauche, était en train de s'estomper.

— Y aura-t-il le moindre inconvénient à ce qu'on ramène le corps en Angleterre pour l'enterrer ?

— J'imagine que non. Pour l'heure, il se trouve à l'institut médico-légal de Careggi. Le consulat britannique s'occupera de toutes les formalités et dès que le professeur Forli aura achevé son autopsie, vous pourrez présenter votre demande auprès du substitut du procureur.

L'affaire du buste volé attendrait. C'eût été plus facile, s'ils avaient été seuls tous les deux, mais avec la barrière de la langue...

— Ma foi, c'est vraiment tout ce que je peux vous dire à ce stade. Si ça ne vous fait rien...

Il consulta sa montre.

— ... J'aimerais retourner Via Maggio, à présent, et commencer à interroger les résidants. Si nous pouvons vous offrir une aide quelconque pour vous loger...

— C'est inutile, merci tout de même. Une chic fille du consulat nous a trouvé à coucher au presbytère anglais — c'est assez commode ; il se situe dans la même rue que le lieu du crime, nous a-t-elle dit, mais nous n'y sommes pas encore allés. Tous les hôtels ont l'air d'afficher complet. C'est curieux à cette époque de l'année.

— Les acheteurs de Noël, inspecteur. Florence est réputée dans le monde entier pour les emplettes, comme votre propre ville.

— Je suppose. Eh bien, nous allons nous rendre au presbytère. Nous pouvons aussi bien commencer par bavarder un peu avec le pasteur. Nul doute que M. Langley-Smythe était pratiquant.

— Nul doute. Je vais vous faire venir un véhicule.

Il décrocha sa ligne interne et appuya sur une sonnerie pour demander une escorte.

— Puis-je suggérer que nous nous retrouvions ici demain ? La fin de matinée conviendrait mieux, peut-être ; j'aurai reçu le rapport d'autopsie complet entre-temps et probablement quelque chose en provenance des archives sur les empreintes... disons onze heures et demie ?

— Entendu. Ça nous laissera le temps de mener un peu l'enquête parmi la communauté anglaise... avec votre permission, bien sûr.

— Mais je vous en prie. Je vous en serais reconnaissant. Et vous voudrez bien alors être mes invités à déjeuner ?

— Ma foi, ça s'est bien passé, déclara l'inspecteur principal, en s'installant à l'arrière de la voiture.

Jeffreys préféra se taire, par crainte de trop en dire.

Il faisait nuit noire, à présent, et la pluie tombait encore doucement à travers la brune. En franchissant le fleuve, ils aperçurent au loin de délicats halos de lumière jaune et rose, autour des échoppes minuscules du Ponte Vecchio, et la faible lueur de ce qui devait être un énorme arbre de Noël municipal, quelque part un peu plus haut. Leur itinéraire les entraîna dans un système complexe à sens unique, à travers le quartier populaire où les rues grouillantes de monde paraissaient trop étroites pour la voiture. À cette heure du soir, on se bousculait à l'excès dans les magasins, regorgeant de marchandises jusque sur le trottoir. Les consommateurs fourmillaient sur la chaussée, leurs parapluies miroitant dans le noir. Les guirlandes étincelaient même dans les devantures des épiceries, où étaient suspendus jambons de Toscane et saucisses grasses. Des feuilles chatoyantes constellaient des pyramides de mandarines. Leur chauffeur jouait sans cesse de son klaxon, et ils avançaient à une allure d'escargot.

— Pour rien au monde je ne conduirais un bus par ici, observa le chef.

Jeffreys se borna à grogner, les yeux rivés à toutes ces victuailles qui défilaient sous son regard affamé.

La Via Maggio, quoique animée, se révéla plus calme. Seuls quelques poinsettias, dans leur coupe en cuivre, devant les velours sombres et les marqueteries des vitrines, évoquaient la saison. Au bout de la rue qui donnait sur le fleuve, ils s'arrêtèrent devant un palais du XVe siècle, qui abritait l'église anglaise au rez-de-chaussée et l'appartement du pasteur au premier.

L'inspecteur Jeffreys prit la peine de remercier le chauffeur carabinier dans un italien soigné. L'autre en fut ravi.

— Si vous sortez et que vous vous perdez, suggéra-t-il, considérant à l'évidence que cela risquait d'arriver, trouvez le fleuve et le pont Santa Trinita ; il est là-bas, avec une statue à chaque coin, une pour chaque saison — vous ne pouvez pas le rater —, et vous serez chez vous.

— Merci.

— De rien. À bientôt.

Il s'en alla en franchissant le pont et rejoignit les lumières floues du centre-ville.

Le pasteur se tenait sur le pas de la porte et se frottait les paumes.

— Entrez, entrez, dit-il, en leur serrant la main à tour de rôle. Felicity est en train de nous préparer du thé. Quelle lamentable soirée !

Le capitaine arriva Via Maggio avec le carabinier Bacci toujours en service. Comme ils passaient devant la loge du gardien déserte du numéro 58, il désigna la fenêtre masquée par des planches.

— Il fut un temps où la majeure partie de notre enquête se serait déroulée ici, et dans un *palazzo signorile*[1] comme celui-ci, cela compte plus que jamais. Vous pouvez être sûr que ses occupants se parlent à peine et qu'aucun d'eux ne sait même ce qui s'est passé dans l'immeuble, en dépit du fait qu'un de mes hommes ait monté la garde au rez-de-chaussée toute la journée.

Ils amenaient avec eux un autre factionnaire pour relever le premier.

— J'enverrai quelqu'un d'autre vers les vingt-trois heures...

Ils montèrent au premier étage, où R. Cesarini, antiquaire, demeurait le seul résidant, et le carabinier Bacci appuya sur la sonnette. Ils attendirent en silence à côté d'une épaisse section de colonne romaine, surmontée d'une énorme plante en pot, non loin de l'ascenseur. Les portes en bois strié de l'appartement s'ornaient de deux lourds heurtoirs en fer, moulés en forme de têtes. Ils perçurent de rapides pas feutrés, puis des serrures qui s'ouvraient lentement. Une jeune femme érythréenne ouvrit la porte avec prudence et passa la tête dans l'embrasure. Elle arborait un tablier en nylon, mais sa tête était couverte d'un voile en mousseline traditionnel.

— *Polizia ?...* s'enquit-elle, pensive.

— Les carabiniers. Nous aimerions parler au signor Cesarini.

— Au magasin.

Elle pointa l'index d'un geste vague. Dans son dos, un sol en marbre brillant de teinte pâle s'étirait jusque dans les profondeurs du logement. Une chaleureuse

1. Immeuble résidentiel. *(N.d.T.)*

lumière brillait derrière des doubles portes en vitrail, sur la gauche, projetant des motifs colorés sur un coffre en chêne sculpté, qui décorait le couloir.

— Il possède deux commerces un peu plus haut, dans la Via Maggio, capitaine, murmura le carabinier Bacci.

Le capitaine consulta sa montre.

Six heures... la boutique ne fermerait sans doute pas avant huit heures. Ils pourraient y passer, après avoir questionné les autres résidants.

— Nous aimerions bavarder un peu avec vous, en attendant, dit-il à la bonne.

Elle les fit entrer de mauvaise grâce dans le vestibule, mais ne put rien leur apprendre. Elle n'avait entendu aucun bruit étrange ou inopiné pendant la nuit. Elle n'avait rien vu d'inhabituel dans l'immeuble. Elle ne connaissait pas l'Anglais. Elle parut étonnée en les voyant espérer qu'elle sache ce qui se passait dans l'immeuble, suggérant que son italien limité l'empêchait de voir ou d'entendre la moindre chose de l'autre côté de sa propre porte. Elle n'arrêtait pas de s'agripper de ses doigts fins à son voile, comme pour s'y dissimuler ; assorti à sa petite taille, le geste lui donnait l'allure d'une vieille femme, bien qu'elle dût avoir une vingtaine d'années. Ses grands yeux sombres fuyaient sans cesse vers le fond du corridor derrière elle. Sans doute aurait-elle dû être en train de préparer le dîner.

— Votre employeur est-il marié ?

— Oui. Marié.

— Et sa femme ? Où est-elle ?

— Partie en Calabre... avec les enfants. Noël. Il y a la famille...

— Et le signor Cesarini ?

— Il partira dans deux jours.

— Et vous ?

— Moi ?

— Où passerez-vous Noël, signorina ?

— Ici...

— Seule ?

Malgré lui, le capitaine lança un regard dans le vaste appartement, où elle avait sans doute une chambre minuscule.

— Avez-vous des amis à Florence ?

— Des amies, oui. D'Érythrée. Des filles comme moi.

— Je vois. Merci. Nous parlerons au signor Cesarini dans son magasin.

— Il y a un problème ?

— Non.

Il comprit sur-le-champ qu'elle songeait à son travail, ses papiers.

— Tout va bien en ce qui vous concerne. Un homme habitant au rez-de-chaussée a été assassiné la nuit dernière, et nous voulons savoir si quelqu'un aurait entendu quelque chose ou vu le moindre étranger dans l'immeuble, c'est tout. Nous n'avons pas besoin de vous déranger plus longtemps.

La nouvelle ne suscita chez elle aucune réaction visible. Après qu'elle eut refermé la porte derrière eux, ils entendirent ses pas empressés glisser sur le sol en marbre, pour rejoindre la cuisine.

Le deuxième étage se divisait en deux appartements. Derrière la porte de celui de gauche, on entendait les notes heurtées d'une sérénade de Schubert jouée au piano. Sur la droite, quelqu'un répétait une aria de *Rigoletto*. Le carabinier regarda le capitaine.

— D'abord Schubert, je pense.

Comme ils attendaient, après avoir pressé la sonnette, il ajouta, en se rappelant l'information au sujet du commerce de Cesarini :

— Vous êtes florentin ?

— Oui, monsieur.

Bacci rougit de plaisir à l'idée qu'on ait pu le remarquer.

— Vous reprenez l'école après Noël ?

— Oui, monsieur.

Il aurait aimé en dire davantage, mais le sérieux, la gravité du capitaine constituaient comme une barrière autour de lui. Cela semblait même impossible qu'il puisse sourire.

— Dois-je sonner à nouveau, monsieur ?

Mais la porte où était inscrit « Cipriani » s'ouvrait. Une autre entrée en marbre avec tapis persans, lustre en verre de Venise, un fauteuil droit en brocart, où l'on avait jeté deux cartables. Ce ne fut qu'en baissant les yeux qu'ils découvrirent qui avait ouvert : une petite fille rondelette, avec des cheveux noirs brillants, coupés court, et d'énormes yeux tout ronds. Elle portait une blouse blanche d'écolière, avec son nœud papillon en satin bleu entortillé sous une oreille, et elle les fixait avec une ardeur déconcertante.

— Tes parents sont-ils à la maison ?

Sans les quitter du regard une seconde, elle ouvrit la bouche, jusqu'à ce que le reste de son visage disparût presque, et, couvrant le ténor qui vocalisait dans l'appartement voisin ainsi que le piano dans son dos, elle hurla : « *Maaaamma !* » et s'enfuit.

Schubert continua son chemin, boitillant un peu aux passages difficiles. Le ténor d'à côté poursuivit ses vocalises. Personne n'apparut.

— Est-ce que je... ?

— Vous feriez mieux. Sonnez deux ou trois fois.

Ils demeuraient toujours là à attendre devant la porte ouverte. Ils remarquèrent un métronome qui battait la mesure avec le piano. Quelques voix excédées leur parvinrent à distance.

— Mais, signora, qu'est-ce que je suis censée faire ? Je ne peux pas laisser cette sauce !

Une réponse étouffée, puis :

— Elle y est déjà allée et elle dit que ce sont de grands hommes en noir ! Je crois bien qu'elle a laissé la porte ouverte !

— *Mamma !*

De petits pieds en train de courir.

— J'arrive... attends.

Au bout du couloir en marbre, une silhouette floue et blanche surgit derrière un panneau en verre Art déco. Vêtue d'un peignoir blanc à capuchon, une femme se montra. La tête brune de l'enfant réapparut dans l'entrebâillement d'une porte latérale : « Tu vois ! » Elle décampa en gloussant sans pouvoir s'arrêter.

La femme s'approcha d'eux, clopin-clopant, sur des mules à hauts talons. Sa peau était encore rosée et humide, au sortir du bain, tandis qu'elle épongeait ses cheveux mouillés avec le capuchon brodé en éponge.

— Qu'est-il arrivé ? Que se passe-t-il... pas un accident ! Vincenzo...

— Non, signora, ne vous mettez pas dans cet état, je vous prie. Nous faisons une enquête de routine.

— Ah, bien sûr, le cambriolage...

— Le cambriolage ?

— Est-ce qu'on n'a pas encore cambriolé la banque du rez-de-chaussée ? Ma bonne a dit qu'il y avait un policier en bas, quand elle est sortie faire les courses — nous avons beaucoup d'invités à dîner, la famille de mon mari ; sa nièce est en train de se fiancer et... oh, mon Dieu !... vous feriez mieux d'entrer. J'espère que vous m'excuserez, je viens de prendre un bain... entrez donc...

— Signora !

— J'arrive ! Oh, seigneur !... si vous voulez bien attendre rien qu'*une* minute, je pourrais lui expliquer...

— Oui, bien sûr.

Elle partit dare-dare, et ils attendirent dans le hall, près de la porte ouverte, sur la droite, par laquelle l'enfant avait disparu. Il semblait y avoir une salle de jeux, un sol en marbre moucheté, un tapis à longs poils, un tricycle, des livres, une rangée de poupées sur un canapé, une porte ouverte, donnant sur une autre pièce plus petite. On apercevait en partie la pianiste qui luttait avec son instrument, sa tunique blanche remuant avec raideur, au rythme du métronome. De temps à autre, la musique s'arrêtait, cédant la place à des chuchotements agités. Puis elle reprenait.

La femme revint. Elle paraissait s'interroger sur la pièce la plus convenable pour les recevoir. Elle avait resserré avec soin son peignoir. En définitive, son regard distrait trancha pour la salle de jeux.

— Ici, si vous voulez bien vous donner la peine...

Ils s'assirent parmi les jouets, leur chapeau à la main.

— J'ai bien peur de ne rien savoir au sujet du cambriolage, hormis ce que ma bonne...

— Il n'y a pas eu de cambriolage, signora.

— Mais...

— Il y a eu un meurtre.

Le visage de la femme changea aussitôt d'expression.

— Ici...

— Au rez-de-chaussée. Votre voisin, M. Langley-Smythe.

— Oh... l'Anglais.

— Vous le connaissiez ?

— De vue, bien sûr. Je savais qu'il était anglais. Il disait toujours : « Bonjour, signora » avec ce drôle de ton monocorde que les Anglais... et alors il est mort ?...

— On lui a tiré dessus. Sans doute dans les premières heures de ce matin ; nous cherchons à établir l'heure exacte. Nous aimerions que vous y réfléchissiez et tentiez de vous rappeler si vous avez entendu le moindre bruit inopiné pendant la nuit... ou même si vous vous êtes réveillée subitement, sans savoir pourquoi ; il n'y a eu qu'un seul coup de feu.

— Non, rien. Rien ne pourrait me réveiller, vous savez, car je prends toujours un somnifère, alors...

— Les enfants, peut-être ? Si vous pouviez les appeler et leur demander vous-même — inutile de dire ce qui s'est passé — si elles ont entendu le moindre bruit étrange pendant la nuit, ou vu quiconque ne leur était pas familier dans l'immeuble, ces derniers temps, à n'importe quel moment. La bonne aussi, si elle dort ici.

— Non, ce n'est pas le cas ; elle vient à huit heures pour emmener les enfants à l'école et elle repart en général à dix-huit heures... c'est simplement qu'aujourd'hui, avec ce dîner...

— Oui, vous avez des invités. Les enfants, alors...

On amena les deux fillettes. La petite potelée avait cessé de glousser, le regard fixe de nouveau. La jeune pianiste, élancée et sérieuse, aussi brune que sa sœur, portait aussi une blouse blanche d'écolière, mais avec le nœud papillon en satin bleu bien en place. Elles se tenaient debout, côte à côte, en silence.

— Les enfants, ces messieurs sont des carabiniers et ils doivent vous poser certaines questions. Vous n'avez pas à avoir peur ; ils veulent juste savoir si, l'une ou l'autre, vous auriez entendu des bruits bizarres pendant la nuit... quoi que ce soit qui vous aurait réveillées....

Aucune réaction de la part des deux visages empreints de gravité. Finalement, l'aînée déclara :

— Non, *Mamma*, je n'ai rien entendu.

Tous les regards se tournèrent vers la cadette. Ses joues rebondies rougissaient à mesure qu'elle réprimait un gloussement. Sa mère rajusta le nœud papillon en satin autour du col blanc et le lissa.

— Allons, Giovanna, c'est très important pour eux de savoir si tu as entendu quelque chose.

Les grands yeux étincelèrent en regardant sa mère, puis les deux hommes, puis encore sa mère. On aurait dit que la gamine allait éclater. Elle prit alors tout à coup une profonde inspiration et ouvrit la bouche.

— Bang !

Et avant qu'ils ne puissent l'interrompre, elle reprenait déjà sa inspiration à pleins poumons :

— Bang !

Elle gratifia tout son petit auditoire d'un sourire rayonnant et ajouta :

— C'est ce que j'ai entendu, *Mamma.*

CHAPITRE III

— Lui-même... professeur... vous avez fait vite...

— Ça ne m'a pas pris longtemps, et je travaillais sur lui, quand vous avez appelé, alors...

— Et les résultats ?

— Négatifs.

— Négatifs ? Vous en êtes tout à fait sûr ?

— Doutez-vous de mes...

— Non ! Non, pas du tout. C'est juste que nous avons désormais un témoin, rien qu'une enfant, il faut bien l'admettre, qui affirme qu'il y a eu deux coups de feu... il semble que ce soit la seule possibilité : l'Anglais aurait tiré le premier, l'arme étant la sienne, et se serait débrouillé pour blesser son agresseur, puisqu'il n'y a aucune trace d'une autre balle quelconque dans la pièce...

— Ou d'un autre sang.

— Non, je m'en rends compte. Malgré tout, c'est une possibilité.

— Rappelez-vous, cette balle-ci a été tirée dans le dos.

— J'en suis conscient aussi ; il n'aurait guère eu le temps de se tourner, en pareilles circonstances, mais l'enfant insiste sur les deux coups de feu, et je dois avouer que je pense qu'elle dit la vérité. Je ne peux pas faire abstraction de cela, parce que ça ne colle pas à je ne sais quelle idée préconçue.

— C'est vrai, mais je crains de ne pas pouvoir vous aider. L'Anglais n'a pas tiré de coup de feu, il n'en reste aucune trace. Je peux vous faire un rapport sommaire sur mes autres découvertes, si vous...

— Non, à moins qu'il y ait quelque chose de stupéfiant, je ne dois pas faire attendre ces personnes, et j'ai encore le reste des résidants à voir. Si vous pouviez me le faire parvenir demain vers les onze heures...

— Sans problème.

— Merci. Navré de vous avoir dérangé.

— Pas du tout. Je vais sans doute rester ici jusqu'à neuf heures du soir. On manque de personnel, bien sûr...

On avait conduit les invités des Cipriani au salon, de l'autre côté du couloir, face à la salle de jeux ; ils chuchotaient et murmuraient. La signora était partie se changer. Lorsque le capitaine revint dans la salle de jeux, le père, rentré depuis peu, son lourd pardessus taché de pluie encore sur les épaules, suppliait à genoux la petite Giovanna, qui, une lueur dans les yeux, avait refusé d'éclaircir le mystère, à moins qu'elle ne puisse s'asseoir sur les genoux du carabinier Bacci. Ce dernier, affligé et fort embarrassé, était assis, raide et immobile, comme s'il tenait un paquet de dynamite. L'enfant s'était coiffée de son chapeau, et il l'avait empêchée à deux reprises de s'emparer de son automatique. Dans l'autre pièce, Schubert avait repris sa sérénade.

— Mais, Giovanna, mon petit chat, mon petit trésor, implorait le signor Cipriani, ces messieurs sont tout à fait certains que...

Mais le petit trésor n'en démordait pas. *Bang !* Et puis *bang !* une deuxième fois. Deux coups de feu.

— Rapprochés ? s'enquit soudain le capitaine, en

songeant peut-être qu'un écho... dans un immeuble de cette taille, avec sa grande volée...

Sous son grand chapeau, Giovanna réfléchit gravement à cette idée, avant de déclarer :

— Non. Y a eu un long moment entre les deux.

Elle se tortilla pour se tourner vers le carabinier Bacci :

— Laisse-moi jouer avec ton pistolet... rien qu'une minute.

— Non, répliqua le carabinier Bacci d'une voix stricte. Les petites filles n'aiment pas les pistolets. Est-ce que tu ne voudrais pas descendre ?

— Non, les petites filles aiment bien les pistolets. J'en ai deux et y en a un qu'est rose et qui lance de l'eau, et la Befana[1] m'apportera aussi un arc et une flèche et un...

— Giovanna ! Si tu n'es pas gentille, la Befana t'apportera un morceau de charbon pour l'Épiphanie, peu importent l'arc et la flèche, maintenant tu...

— Non !

— Que veux-tu dire par « non » ?

— La Befana est une gentille sorcière, c'est mamie qui l'a dit. Elle pourrait m'apporter du charbon et aussi un arc et une flèche, du charbon en sucre du magasin !

— Giovanna, Giovanna ! C'est très sérieux ! Maintenant, s'il te plaît, écoute le capitaine...

On sonna à la porte et la bonne passa devant pour aller répondre. Ils l'entendirent décrocher l'interphone et demander : « Qui est-ce ? », avant de presser le bouton électronique pour ouvrir l'entrée principale de l'immeuble.

1. En Italie, la Befana est une vieille bonne fée qui apporte des cadeaux aux enfants le jour des Rois. *(N.d.T.)*

Tel un écho, ils perçurent le bruit des grandes portes que les visiteurs refermaient derrière eux.

— Voilà ! fit Giovanna, ravie de cette opportunité pour prouver ce qu'elle affirmait. Bang !

Le capitaine et le carabinier Bacci fermèrent les paupières dans une sorte d'exaspération contenue.

— Tu as entendu la grosse porte se fermer ? reprit le capitaine d'un ton patient. Je suppose que c'était quelqu'un en visite. Et ensuite tu as entendu de nouveau la porte quand la personne est partie. Peut-être qu'il n'était pas si tard que tu le penses et que le second bruit, c'était seulement quelqu'un qui s'en allait.

— Non. Personne est parti. La porte a claqué une seule fois. Le deuxième bang, c'était un gros bang.

— Et ce n'était pas la porte ?

— Non.

Elle marqua une pause, puis ajouta à contrecœur, en détournant les yeux :

— Le bang d'un pistolet.

— Pourquoi penses-tu que c'était le bruit d'un pistolet ?

L'enfant ne répondit pas mais continua à regarder au loin.

— Comme quelque chose que tu as entendu à la télévision, c'est ça ?

Elle retira le couvre-chef et le contempla en silence.

— Est-ce quelque chose que tu as vu ? Quelque chose qui t'a effrayée ?

— Je veux descendre.

Elle descendit des genoux du carabinier Bacci en se laissant glisser.

— Penses-tu que tu es vraiment sûre de l'heure qu'il était ? Au moment du premier bang ?

Le capitaine se tourna vers le signor Cipriani d'un air interrogateur.

— Oui, elle sait lire l'heure ; c'est une enfant très éveillée, vous savez. Elle a un petit réveil sur sa table de chevet.

— Avec Mickey la Souris dessus.

— Et il était trois heures moins le quart ?

— Oui, répondit-elle en rendant son chapeau au carabinier Bacci. Papa, je veux m'en aller.

D'un hochement de tête, le capitaine accorda sa permission au père, qui laissa Giovanna partir. Ils la regardèrent s'éclipser en un clin d'œil de la pièce. Presque aussitôt après, ils perçurent des petits pas pressés, puis des glissements, suivis d'un grand cri perçant et joyeux.

— Étrange, murmura le capitaine, j'aurais juré qu'elle cachait quelque chose, sans doute par peur, mais elle me semble assez enjouée, à présent.

Ils entendirent encore d'autres glissements et une voix qui hurla :

— Giovanna ! Combien de fois t'ai-je dit de ne pas t'amuser à glisser dans le couloir, c'est dangereux... Vincenzo !

La signora réapparut à l'entrée de la pièce, en quête de son mari. À moins que ce ne fût son habitude, elle était vêtue avec une élégance particulière, quoique un soupçon confuse et ahurie, sans doute à cause du dîner, mais n'en demeurait pas moins séduisante.

— Veuillez m'excuser, signora, de nous attarder encore, mais je dois vous demander si nous pouvons éventuellement jeter un œil dans la chambre des petites, afin de vérifier si elle a réellement pu voir quoi que ce soit.

— Vincenzo ?...

— Pourquoi n'offres-tu pas à tout le monde un apéritif ? Je m'occuperai du reste.

Il les conduisit à la chambre à coucher, que les deux fillettes partageaient. Contre le mur se trouvait un lit immaculé, avec sa couette toute lisse et blanche comme neige. L'autre, sous la fenêtre, était en désordre, avec l'édredon froissé qui traînait par terre, et des pages de bandes dessinées éparpillées çà et là. Le père ne cacha pas son embarras :

— Les enfants, de nos jours, vous savez...

Ils regardèrent par la fenêtre. À moins qu'on n'ait abattu l'Anglais au centre de la cour, avant de le ramener à l'intérieur, la fillette n'avait rien pu voir. La fenêtre de sa chambre se trouvait juste au-dessus de celle de l'appartement du rez-de-chaussée. Ils détournèrent leur regard. Un objet noir dépassait de l'oreiller de Giovanna : un revolver en plastique.

— On ne peut rien y faire, fit le père en haussant les épaules, l'air égaré, c'est sa passion.

— En tout cas, observa le capitaine, elle nous a bien aidés à établir l'heure de la mort. Nous en sommes reconnaissants.

— Oui, elle a le sommeil très léger, en fait. Je l'ai déjà entendue m'appeler, quand il m'arrive de rentrer bien après minuit...

Il rougit un peu.

Le capitaine, dont la tolérance frisait d'ordinaire l'indifférence, n'aurait pas su dire pourquoi au juste ce léger rougissement le mit en colère.

— Puis-je vous demander votre profession, signor Cipriani ?

— Certainement. Je suis courtier en assurances ; mes bureaux sont installés sur la Piazza della Repubblica.

— Et êtes-vous rentré après minuit, hier soir ?

— Je crois qu'il était autour d'une heure du matin...

Il rougit encore, sentant l'hostilité du capitaine.

— J'ai dîné avec des clients chez Doney.

— Vous comprenez que nous allons devoir le vérifier ? Ainsi que l'heure où vous êtes parti ?

— Vous voulez dire que je suis suspect ?

— Je veux dire que je dois savoir maintenant où se trouvait chaque résidant après minuit, la nuit dernière. Votre femme était-elle éveillée quand vous êtes rentré ?

— Je pense... oui, elle lisait un livre.

La colère inexplicable du capitaine s'estompa aussi vite qu'elle avait surgi.

— Savez-vous quoi que ce soit au sujet de votre voisin, M. Langley-Smythe ?

— Rien, à vrai dire, sauf qu'il était anglais.

— Vous n'avez pas remarqué s'il avait de nombreux visiteurs ?

— Des visiteurs ? Je n'en ai jamais vu aucun. Il avait l'air d'un homme du genre solitaire... Bien sûr, il aurait pu en avoir sans que je le remarque jamais.

— Mais s'il avait eu un nombre exceptionnel de visites — fréquentes, je veux dire —, vous l'auriez sans doute remarqué ?

— Peut-être... mais dans un immeuble de cette taille... et je suis souvent sorti. Je n'aimerais pas affirmer quelque chose de trop catégorique...

— Je vois. Et les autres occupants ? En savez-vous beaucoup à leur sujet ?

— Pas grand-chose... oh ! sauf que les Frediani, au-dessus, sont absents... la femme est américaine, il est bijoutier sur le Ponte Vecchio ; ils sont partis hier. Je les ai croisés quand je m'en allais le matin. Ils montaient dans un taxi avec beaucoup de bagages. Ils m'ont souhaité un joyeux Noël ; apparemment, ils passaient le leur en Amérique, avec sa famille à elle.

— Savez-vous à quel endroit, en Amérique ?

— J'ai bien peur que non... Vous pourriez demander à leur voisine, Miss White ; il se peut qu'elle soit au courant. Il est possible qu'elle connaisse la femme, comme elles sont toutes les deux anglophones.

— La signora White ne part pas pour Noël ?

— Je ne pense pas, je crois qu'elle est toujours ici.

— Merci. Nous tenterons notre chance auprès d'elle... Et votre voisin de palier ?

— Le juge ?

Ils s'en allaient et gagnaient la porte d'entrée.

— Il est chez lui, comme vous pouvez l'entendre. Il est en retraite et vit seul, exception faite de sa gouvernante. Je crains de ne pas savoir grand-chose à son sujet, si ce n'est qu'il raffole de Verdi.

— Eh bien, merci, en tout cas, vous vous êtes montré très coopératif...

Le capitaine exagérait, mais il avait honte de sa perte de sang-froid passagère, qu'il interprétait comme une perte de dignité.

— En l'absence de concierge à demeure, notre travail est très difficile.

— Ah, capitaine...

Le signor Cipriani ouvrit les mains, en signe de désespoir

— ... Vous savez combien coûte un gardien de nos jours ? Au moins six millions par an... et si vous pouvez encore trouver quelqu'un qui veuille bien. Même avec la crise actuelle du logement, les jeunes gens d'aujourd'hui n'y songeraient pas. Ma foi, nous sommes toujours là, s'il y a quoi que ce soit d'autre que vous souhaiteriez demander...

Le juge ne put rien leur apprendre. Sa gouvernante et lui étaient restés à la maison toute la nuit et aucun bruit ne les avait dérangés. La gouvernante avoua prendre des somnifères, tandis que le juge déclara avoir le sommeil lourd et n'être jamais réveillé par quoi que ce soit. Ils s'étaient tous deux couchés de bonne heure. Ils ne connaissaient l'Anglais que de vue, le saluaient à l'occasion. À leur connaissance, il n'avait jamais eu beaucoup de visiteurs.

On avait reçu le capitaine et le carabinier dans une pièce austère, tapissée de livres, qui semblait n'être jamais utilisée. Le juge lui-même était un homme grand, au regard froid, sévère, presque taciturne. Il ne semblait pas possible qu'il puisse posséder la voix de stentor qu'ils avaient perçue de l'extérieur. Pourtant, lorsqu'ils se retrouvèrent sur le large escalier intérieur, la voix roucoulait *Bella figlia del amore* avec plus de douceur et de passion que jamais. Ils commencèrent à monter jusqu'au dernier étage.

La porte de Miss White était grande ouverte.

— N'ayez pas peur. Entrez ! leur lança en anglais une voix tonitruante.

L'interpellatrice demeurait invisible. Les deux hommes se dévisagèrent.

— Elle nous dit d'entrer, expliqua le carabinier Bacci, perplexe. Peut-être a-t-elle entendu que nous étions ici.

Hésitants, ils ôtèrent leur chapeau et s'avancèrent dans le hall d'entrée en dalles ocre-brun brillantes.

— Continuez ! Continuez ! Je serai à vous dans une minute. C'est gratuit ! Ha ! Ha !

Le capitaine regarda le carabinier Bacci, en quête d'éclaircissement.

— Je ne suis pas sûr de ce que...

Ils poursuivirent donc et observèrent autour d'eux. Il y avait une peinture à l'huile, suspendue dans le couloir, représentant un vieil homme au visage rose, la chevelure et la barbe blanches comme neige. En dessous, une plaque en cuivre leur indiqua : « Walter Savage Landor, poète, né à Warwick en 1755, mort à Florence en 1864. » Ils contemplaient le tableau, lorsqu'une tête surgit soudain par une porte voisine. Une petite dame d'environ soixante-cinq ans, habillée avec élégance, mais avec des chaussures de course aux pieds, bondit sur eux, rayonnante.

— Les carabiniers ! s'exclama-t-elle d'une voix suraiguë et ravie. Jamais aucun d'entre vous n'est entré ici ! Le juge est venu une fois, bien sûr, mais c'est différent, puisque nous sommes voisins ; c'était malgré tout gentil à lui de passer... je trouve toujours cela charmant quand les Italiens s'y intéressent, se font tout traduire, et ils viennent... des groupes scolaires et ainsi de suite, mais pas les carabiniers, ha ! ha ! Vous êtes les premiers ! Ravie de vous voir. Je suis Miss White, conservatrice des lieux... enfin, pas vraiment, je veux dire que *j'habite* ici... j'ai tout fait moi-même. Si on veut faire quoi que ce soit, comme on dit, et éviter les comités, *moi* je dis, où il y a un tas de vieux raseurs... qu'avez-vous donc ?

Elle scruta soudain le visage stupéfait du carabinier Bacci.

— Je... je...

— Eh bien, pour l'amour du ciel, entrez donc, inutile de rester dans le hall d'entrée, il n'y a rien à voir ; je devrais y mettre une chaise ou deux, je suppose, mais alors chacun croirait que ce sont ses chaises *à lui*, et il faudrait que j'explique sans arrêt... *j'ai bien* une ou deux choses qui *lui* ont appartenu, mais on ne peut pas tout avoir et les dépenses sont faites sur mes propres deniers... je suis venue un jour en vacances et quinze ans plus tard, j'y suis encore, ha ! ha ! Les carabiniers ! Vous feriez bien de signer le livre d'or. Un juge, c'est très agréable, bien sûr, mais ce n'est pas la même chose, comme c'est le voisin... si vous voyez ce que je veux dire, et puis il n'y a pas d'uniforme. J'aime l'uniforme, pas vous ? Oui, bien sûr que vous l'aimez, c'est évident, sinon vous n'en porteriez pas un ; c'est idiot de ma part... et admirez-vous Landor ?

Elle décocha un regard étincelant au capitaine, qui ouvrit la bouche, la referma, puis porta les yeux vers le carabinier Bacci, comme dans l'espoir d'une traduction quelconque.

— Je parie que vous ne savez pas quoi dire ! Moi, je ne sais jamais. À l'école, mon professeur d'anglais avait coutume de répéter de ne jamais dire « exquis », alors je ne le fais jamais. « Exquis », c'est ce qu'on dit d'un pudding, mais pas d'un poème ; c'est ce qu'elle avait l'habitude d'affirmer, et je parie que ce jeune homme est d'accord !

Elle tapota le coude du carabinier Bacci.

— Il a l'air intelligent et, bonté divine ! ce qu'il est grand... ma foi, vous l'êtes, tous les deux. Lisez-vous beaucoup de poésie ? Je suppose que oui, sinon vous ne seriez pas venus, ha ! ha ! Eh bien, je vais vous offrir la visite. J'ai tout fait traduire, bien sûr, parce que je pense vraiment que c'est agréable quand les Italiens manifestent de l'intérêt ; je ne parle pas un traître mot de la langue, c'est sûr, mais j'aime bien me charger de la visite moi-même si je le peux... maintenant, *par ici...* je vais parler plus fort... par ici, donc, ce sont pour la plupart des manuscrits, ou des copies de manuscrits, lorsque je n'ai pas pu mettre la main sur les originaux. J'en ai fait encadrer quelques-uns sur les murs ; c'est moins cher que d'acheter des vitrines... j'en ai quelques-unes, bien sûr ; un très bon ébéniste, le signor Lorenzini, un homme merveilleux, a réalisé toutes celles-ci. À présent, vous allez reconnaître ce poème, je pense, si vous parvenez à déchiffrer l'écriture...

— *Pour l'amour de Dieu...* souffla le capitaine, menaçant, à l'oreille du carabinier Bacci.

— Navré, monsieur, je n'arrive pas à comprendre ce qu'elle raconte...

— Peu importe ce qu'elle dit, contentez-vous de la faire taire et dites-lui...

— Allons ! Je ne peux rien vous expliquer si vous

vous mettez à bavarder entre vous... voilà, signez le livre... allez, n'ayez pas peur, vous pouvez inscrire quelque chose en italien. *Messieurs les carabiniers !* C'est tout à fait *exquis* !

Quinze minutes plus tard, les deux hommes se retrouvèrent sur le palier, la tête bourdonnant d'informations incompréhensibles. Le carabinier Bacci transpirait d'embarras. Le capitaine était blême d'exaspération.

— J'ai cru que vous aviez dit que votre anglais était correct ?

— Je suis désolé, monsieur, je n'arrivais pas à m'en sortir, tout bonnement...

Il avait tenté à maintes reprises de placer la raison de leur visite, mais ses phrases construites avec soin ne lui valurent guère plus que : « Vous parlez un peu anglais, n'est-ce pas ? Parfait. Bien sûr, vous n'êtes qu'un jeune homme. Je pense que tout le monde devrait apprendre une langue le plus tôt possible... à l'école, ma prof de français avait coutume de dire... »

Il avait aussi essayé en italien ; tous deux s'y étaient risqués, mais en dépit d'un implacable effort, le capitaine ne suscita rien d'autre que : « *Si, si ! si, si !* » Elle avait tout fait traduire, évidemment ; c'était agréable de voir que les Italiens montrent de l'intérêt, mais après quinze ans dans le pays, elle ne pouvait parler un traître mot ; elle ignorait pourquoi, mais c'était ainsi... trop vieille pour commencer, voilà tout, il fallait débuter jeune... pas un mot, enfin « *si* », bien sûr, ça en faisait un, et « *no* », un autre... mais ça n'était pas grand-chose en quinze ans... et elle était uniquement venue en vacances... *Messieurs les carabiniers !*

Ils descendirent les marches en silence. Le brigadier de garde à la porte les salua.

— Et quoi, ensuite ?

L'adjudant Guarnaccia était assis dans son lit, sa fièvre ayant un peu baissé. La petite lampe était toujours allumée et, à côté, sur le meuble de chevet, un bol contenait encore les restes d'un bouillon léger, apporté par la signora Bellini, la femme du jardinier, frère du petit homme d'entretien qui avait découvert le corps.

— Le capitaine est allé interroger Cesarini, l'antiquaire, dans son magasin.

— Et il vous a renvoyé dans vos foyers en pénitence, c'est ça ?

— Le capitaine a souhaité que je mange un morceau, que je me repose...

Mais le carabinier Bacci était mortifié, le visage exténué et très pâle.

— Et avez-vous grignoté quelque chose ?

— Je suis allé à la rôtisserie de la piazza pour y prendre un sandwich au bœuf chaud et un verre de vin.

L'adjudant n'eut aucune peine à imaginer le jeune homme, aussi peu accoutumé qu'il l'était à pareille existence de prolétaire, assis délicatement sur un haut tabouret, au comptoir, devant les rangées de poulets qui chuintaient et grésillaient en tournant dans le grand feu de bois, tandis qu'il essayait de ne pas tacher son uniforme et d'éviter les blagues familières du Napolitain jovial dans son tablier maculé de graisse.

— Vous auriez dû vous rendre à la *mènsa*[1]... et j'espère que vous n'envisagez pas de dormir à nouveau en bas, au bureau ?

— J'ai dit au capitaine que je le ferais, au cas où le téléphone sonnerait cette nuit. Vous n'êtes pas en condition suffisante et il ne peut se passer de quoi que

1. Cantine. *(N.d.T.)*

ce soit. Le brigadier qu'il a envoyé termine son service maintenant.

— On ne peut pas s'attendre à un cadavre sur le pas de la porte tous les soirs, bon sang ! Je ne vais pas si mal, en fait... Je me sens un peu mieux grâce à cette gorgée de soupe. La fièvre a l'air de rester un moment, puis de s'en aller pendant quelques heures ensuite. Tant que je serai en forme pour prendre ce train demain...

Son regard traversa la pièce pour se poser sur une photographie qui restait dans l'ombre, sur une table de toilette au plateau de marbre ; deux petits garçons potelés, aux yeux presque aussi grands que les siens. Dans la vie, l'adjudant vouait une passion à sa famille et aspirait à obtenir une mutation au pays, à Syracuse. Sa femme ne pouvait laisser sa mère là-bas toute seule ou la forcer à déménager dans une ville étrangère, à son âge... Il soupira et s'adossa aux oreillers.

— Carabinier Bacci ?...

— Oui, monsieur ?

— Vous êtes un jeune imbécile.

Il considéra la question un court instant en silence, puis reprit :

— Mais malgré tout... vous êtes intelligent...

Ne sachant quoi répondre, le carabinier Bacci se tut. L'adjudant réfléchit si longtemps, paupières closes, cette fois, que le carabinier Bacci le crut rendormi, mais il attendit. Au bout d'un moment, les grands yeux s'ouvrirent :

— Le capitaine est un homme sérieux, consciencieux ; il fera son travail. C'est aussi, à bien des égards, un homme ambitieux, mais ses ambitions vont dans d'autres directions que les vôtres... elles n'incluent aucun désir de devenir un célèbre détective. Vous n'avez pas lieu de rougir de vous-même, carabinier Bacci ; je ne me moque pas de vous, cette fois-ci. J'essaye juste de vous prévenir que, s'il accomplit sa tâche en toute honnêteté, il voudra s'en acquitter de façon à ne pas déranger inutilement qui que ce soit, ni ses supérieurs, ni ces hommes de Scotland Yard. Il ne voudra surtout pas perdre la face devant eux, car cela contrarierait à la fois ses supérieurs et lui-même, vous comprenez ?

— Je pense, monsieur.

— Gardez cela à l'esprit, alors. Vous avez tendance à vous enthousiasmer, modérez-vous. Si vous vous précipitez et découvrez le meurtrier dans les dix minutes qui suivent, mais opérez de manière à créer un scandale et à bouleverser ces Anglais, le capitaine ne vous remerciera pas. Il va manœuvrer avec prudence, alors vous feriez mieux de lui emboîter tranquillement le pas et d'éviter la moindre idée fantasque.

— Bien, monsieur.

— J'essaye seulement de vous préserver de vous-même, de vous dire de ne pas prendre de risques. Le capitaine attendra de voir de quel côté le vent souffle et vous, vous attendrez de voir de quel côté *lui*, il souffle. Ces choses-là vous dépassent, carabinier Bacci.

— Oui, monsieur.

— C'est parce que vous êtes un Florentin. Ce sont des choses que n'importe quel Sicilien de plus de cinq ans sait par expérience. Le capitaine fera le meilleur travail qu'il puisse faire ; c'est un honnête homme, un brave homme. Mais vous agiriez bien en évitant de l'agacer. En ce qui concerne cette histoire avec l'Anglaise, je ne pense pas que vous ayez à vous faire trop de bile. Il passera outre, puisque personne d'autre n'était là pour le voir... et, tel que je le connais, il tournera l'affaire à son avantage en proposant aux hommes de Scotland Yard d'interroger la femme, en geste de coopération amicale.

Le visage crispé du carabinier Bacci se détendit un peu.

— À présent, filez. Autant que je me repose un moment, pendant que la fièvre est tombée, si vous ne montez pas vous coucher.

— Entendu, monsieur. Est-ce que vous avez besoin de quoi que ce soit ?

— Non... mais... carabinier Bacci ?

— Oui, monsieur ? répondit l'autre en ouvrant la porte.

Les yeux de l'adjudant étaient clos, ou du moins donnaient-ils cette impression.

— Si, par le plus grand des hasards, vous étiez envahi de cadavres pendant la nuit, vous me le feriez savoir ?

— Oui, monsieur.

Et Bacci referma doucement la porte.

L'adjudant poussa un long soupir de lassitude, le regard rivé sur la photographie. « Je serai demain dans ce train, se dit-il, cadavres ou pas. » Et il s'endormit.

Ce fut un sommeil fiévreux, agité, déprimant, peuplé de rêves où il tentait toujours de rentrer chez lui, mais devait à chaque fois rebrousser chemin pour une raison ou une autre ; il n'avait pas de billet de train, avait quitté sa *stazione* sans la fermer à clé et sans surveillance, avait oublié les cadeaux des enfants, les bouteilles d'eau, ses vêtements... Une fois, il atteignit le quai, où le train attendait, pour se rendre compte au dernier moment qu'il était en pyjama. Et chaque fois, il tournait les talons et devait lutter contre une chaleur si dévastatrice qu'elle le laissait exténué et nauséeux. Vers deux heures du matin, il s'éveilla, encore qu'il dormît peut-être à moitié, le corps parcouru de frissons et trempé de sueur ; il se glissa faiblement hors du lit, se lava, et se changea. Il n'était pas en forme pour voyager... vendredi, peut-être...

Il n'y eut aucun cadavre, ce soir-là. Florence dormit de son respectable sommeil de bourgeoise, derrière ses volets bruns bien clos, sous son manteau de brume humide, nichée au cœur de la profonde vallée de l'Arno, sous la vigilance nocturne des collines couronnées de cyprès. La cloche de la cathédrale sonna les heures, dans son campanile de marbre blanc, imitée par les carillons métalliques et discordants des clochetons de chaque quartier. Mais aucune sonnerie intempestive de téléphone n'interrompit le sommeil harassé du carabinier Bacci sur son lit de camp. Ses gants immaculés restèrent paisibles dans leur cercle de lumière rosée.

DEUXIÈME PARTIE

CHAPITRE PREMIER

— Eh bien, c'est très agréable, en fait. Nous ne nous attendions pas à ça, pas vrai, Jeffreys ?

— Non, monsieur.

Le pasteur les couvait d'un regard radieux.

— Felicity et moi aimons toujours prendre un petit déjeuner anglais ; comment les Italiens peuvent-ils passer la matinée avec un simple café et un petit pain, ça reste un mystère pour moi. Évidemment, ils mangent beaucoup plus tard que nous, le soir — nous entendons des bruits de couteaux et de fourchettes bien après dix heures, dans certains appartements de l'autre côté de la cour —, alors peut-être n'ont-ils pas faim le matin... mais je dois dire que certaines de ces personnes travaillent très tard... Felicity et moi mangeons d'ordinaire vers les sept heures, j'espère que cela vous convient ?

— Oh oui, cela devrait aller.

L'inspecteur principal s'adossa à sa chaise, se sentant rassasié après les œufs au bacon, les toasts, la marmelade, et les trois tasses de thé d'une lourde théière en argent. Le buffet en acajou était décoré de gui et de cartes de Noël en provenance d'Angleterre, du genre où figurent des rouges-gorges, des scènes de patinage sur glace, et de simples linogravures censées évoquer la Nativité.

— Eh bien, je pense que j'ai juste le temps de fumer une pipe, avant d'aller au consulat ; ensuite je dois vous y laisser, mes garçons.

Les cheveux et la barbe du pasteur étaient blancs, son visage plutôt rosé. Il arborait un chandail gris tricoté à la main, d'ou dépassait son col d'ecclésiastique, et suçait sa pipe comme si elle pouvait lui apprendre quelque chose. Ignorant les deux policiers, Felicity était plongée dans les mots croisés d'un journal. Ils apercevaient de temps à autre sa fine chevelure grise.

— Un drôle de bonhomme...

Comme il craquait une allumette et tirait davantage sur sa pipe, les pensées du pasteur vagabondèrent tout naturellement vers A. Langley-Smythe.

— Il est venu une ou deux fois à l'église, au début de son installation ici, il y a environ cinq ans, je suppose, mais il a cessé de venir ensuite... il se mêlait peu aux autres, en fait.

— La vie sociale est-elle développée... au sein de la communauté anglaise, je veux dire ?

— Oh oui, oui, je pense. Nous recevons assez souvent ici, vous savez. Felicity est terriblement douée (derrière son journal, celle-ci ne trahissait aucun signe de vie) ; un verre de vin après le dernier office dominical, bien sûr, puis nous nous réunissons une fois par mois, autour d'un repas et ainsi de suite... chacun apporte un petit quelque chose, des friands, des sandwiches, des biscuits. Puis à Noël et à Pâques, nous organisons un repas chaud et tout le monde y va de sa contribution au festin. La vie sociale est assez animée, vraiment... Le problème, bien sûr, c'est que ce sont toujours les mêmes personnes qui offrent à chaque fois et les autres se contentent de venir... Je crains que M. Langley-Smythe... certes, c'était un célibataire... on ne pouvait guère attendre de lui qu'il prépare des gâteaux... mais je crains qu'il ne se soit pas beaucoup mêlé aux autres, les rares fois où il a fait une apparition.

— Avait-il des amis, que vous auriez connus ?

— Pas à ma connaissance, et vous, Felicity ? Non, je ne pense pas. J'ai eu l'occasion de le croiser en ville de temps en temps, mais jamais avec qui que ce soit auquel je puisse songer. Il avait l'habitude... ma foi, il n'a jamais donné l'impression...

— Donné l'impression de quoi ?

— Eh bien... qu'on s'occupait de lui... un peu négligé, vous savez... Bien sûr, il était célibataire, alors je suppose que...

— Pas de ragots ?

— Des ragots ?

— Eh bien... commença l'inspecteur principal, gêné. Rien de bizarre dans sa vie privée, qui ait pu le rendre plutôt... réservé ?

— Il n'était pas homosexuel, si c'est ce que vous voulez dire... du moins, m'est avis que non, pas vous, Felicity ? Felicity est meilleure que moi dans ce genre de choses, mais franchement je ne pense pas. Florence ressemble presque à un village, vous savez, tout le monde est au courant de ce que fait tout le monde, et la moindre nouvelle de ce genre se serait sue... il y en a beaucoup qui circulent, bien sûr...

— Vous pensez donc qu'il s'agissait juste d'une personne réservée, pas de sombre secret ?

— Eh bien, s'il en a eu un, il a dû se donner beaucoup de mal pour le cacher, car il ne suffit pas d'être réservé, à Florence. Vous pourriez peut-être essayer à l'*English Library*, vous savez. Les ouvrages anglais coûtent une fortune ici, alors s'il lisait, il a dû y aller ; pour les journaux, aussi, qui sont affreusement onéreux. La pauvre Felicity doit se contenter d'un seul par semaine ; elle aime bien faire les mots croisés, mais nous ne pourrions absolument pas nous le permettre, pas tous les jours. Écoutez, je dois m'en aller au consulat, afficher les bans pour un mariage. Je vous revois vers les sept heures, ce soir, si vous n'êtes pas rentrés avant ; nous avons un office avec des chants de Noël, à neuf heures, mais vous serez peut-être un peu fatigués... Tous mes vœux vous accompagnent, quoi qu'il en soit... C'était un drôle de bonhomme, vraiment...

Ils n'avaient pas assez de place pour marcher côte à côte, aussi remontèrent-ils l'un derrière l'autre la Via Maggio, jusqu'au pont voisin, et de temps à autre le chef marmonnait : « Nom d'un chien ! », comme il se penchait pour éviter une grande corniche baroque ou les volutes d'une imposante grille en fer forgé, quand il ne se faisait pas klaxonner par le flot incessant des véhicules qui le forçait à regagner le trottoir.

— Des arbres de Noël ! s'exclama Jeffreys, surpris.

Les sapins s'entassaient le long du quai, à l'angle du pont où la statue de l'automne les surplombait. Les plus grands semblaient se pencher par-dessus le garde-fou, pour observer le rapide courant brun verdâtre. Les plus ramassés étaient alignés dans de petits baquets, et un couple en grosse fourrure les examinait. Le vendeur, debout au bar de l'autre côté de la rue, un café à la main, les regardait à travers la circulation, en leur criant de temps en temps : « Je vous rejoins dans un instant ! Choisissez ce que vous voulez ! »

Il ne faisait pas trop froid, mais humide et brumeux de nouveau, et, depuis Santa Trinita, on n'entrevoyait qu'un seul autre pont d'une rive à l'autre, avant que le brouillard jaunâtre n'avale le fleuve et les bâtiments en stuc gris et ocre, qui le bordaient et le dominaient.

La plupart des véhicules en provenance du Lungarno roulaient avec les veilleuses et les essuie-glaces.

— Nous y voilà, déclara Jeffreys, en s'arrêtant lorsqu'il vit *English Library* gravé sur une plaque en cuivre.

Un gardien les dirigea au premier étage. Ils traversèrent de longs couloirs, couverts d'une épaisse moquette, aux murs décorés de photos de la reine et des précédents conservateurs de la bibliothèque. L'endroit se révélait entièrement sombre et il y flottait une légère odeur de moisi. La salle de lecture donnait sur le fleuve et ses lampes en parchemin ajoutaient leur lumière jaune pâle à la morosité olivâtre de la matinée. On y découvrait des fauteuils trop rembourrés qui s'affaissaient, de sévères bustes en marbre, des étagères d'ouvrages anciens, et une plus forte odeur de moisissure. Un très vieil homme occupait l'un des sièges près de la fenêtre et lisait le *Times* de la veille. Il leva les yeux, fronça les sourcils, quand le réceptionniste italien indiqua aux deux hommes un bureau à l'extrémité de la pièce.

À leur grande surprise, le bibliothécaire était très jeune. Assis derrière une grande pile de livres neufs, il se leva pour les saluer, et tendit une main fine et molle. Il arborait de beaux et longs cheveux noirs, ainsi qu'un costume de velours violet dont tous les boutons manquaient.

— Inspecteur principal Lowestoft, inspecteur Jeffreys. Nous enquêtons au sujet d'un certain M. Langley-Smythe, dont nous pensons qu'il aurait pu compter parmi vos membres.

Le jeune homme agita ses doigts graciles avec nervosité :

— Mais... asseyez-vous donc... oui, Langley-Smythe... c'est un adhérent, en effet, oui... il était ici l'autre jour.

— C'*était* un adhérent. Il est mort.

— Mort ?... Oh...

— On l'a assassiné.

— Mais c'est ridicule ! Je veux dire...

— Oui ?

— Désolé, je veux dire, bien sûr si vous affirmez qu'on l'a assassiné, c'est seulement que je n'étais pas au courant... Vous savez, à Florence...

— Tout le monde sait ce que fait tout le monde. C'est ce qu'on m'a dit. Mais pas en ce qui concerne ce bonhomme. Est-ce que *vous*, vous savez quoi que ce soit à son sujet ?

— Eh bien, pas exactement, non, je veux dire : je suppose que...

— Il avait l'habitude de voler ce fichu journal !

Le vieil homme dans le gros fauteuil rembourré s'était approché en catimini et il écoutait la conversation.

— J'ai vu ce gars le faire, sortir avec le *Times* dans la poche de son pardessus !

Le regard de l'inspecteur principal se tourna vers le protestataire à la figure rubiconde, puis revint vers le bibliothécaire.

— Venait-il souvent ici lire le journal ?

— Il venait tous les jours, intervint de nouveau le vieil homme. Il s'asseyait dans ce fauteuil en face du mien. Tous les matins.

Le chef se retourna.

— Je vois. Alors, vous pourriez dire que vous étiez amis ?

— Amis ?

— Si vous étiez assis l'un en face de l'autre chaque matin, je suppose que vous bavardiez ? Ou du moins que vous parliez de la pluie et du beau temps ?

— Je n'ai jamais parlé à cet homme de toute ma vie !

Le vieil homme était ahuri.

— Il avait coutume de voler ce fichu journal. Le *Times* ! Vous devriez mettre un peu d'ordre dans cet endroit, conseilla-t-il vivement au jeune bibliothécaire, et faites taire cette maudite bonne femme, par la même occasion !

Cette dernière était arrivée, pendant leur discussion, et sa voix grimpait dans les aigus, tandis qu'elle se disputait avec le réceptionniste italien. Outre son visage plâtré de poudre blanche, elle portait un bandeau dans les cheveux et un long manteau noir. Elle avait les cheveux gris, mais nul n'aurait su deviner son âge.

— Mais j'ai besoin de ces ouvrages pour mon travail ! prononça-t-elle avec un accent particulier.

— Signora, six mois ! Vous devez venir et renouveler le prêt...

— Qui est-ce ? s'enquit l'inspecteur principal.

— Miss Iris Peece.

— Elle n'a pas l'air d'être appréciée.

— Oh, on n'a rien à lui reprocher. C'est une brave vieille toquée à bien des égards. C'est une sorte d'écrivain...

— Elle écrit quoi, des romans, ce genre de choses ?

— Eh bien, c'est le *hic* avec Iris Peece... en fait... personne ne le sait. Quoi qu'il en soit, elle l'écrit depuis une bonne vingtaine d'années, si l'on s'en tient à la légende locale. Elle passe son temps libre à organiser des petits dîners absolument infâmes pour tous ceux qui, selon elle, pourraient publier son œuvre, peu importe de quoi il retourne. Ils ne le peuvent jamais, bien sûr. Le gars qu'ils connaissaient dans l'édition est toujours soit en retraite, soit mort. Le reste des invités sont les habituels pique-assiette, dont les revenus privés ne sont plus les mêmes depuis l'inflation.

— Une vingtaine d'années...

— Au moins. Elle m'a même invité, une fois, quand j'ai commencé à sortir, mais je ne connais aucun éditeur, alors on ne m'a pas renouvelé l'invitation.

— Aurait-elle pu connaître Langley-Smythe, par hasard ?

— Non, je crois qu'il évitait cette pauvre vieille chouette.

— Et les autres adhérents ? Avait-il des amis dont vous avez entendu parler ? Voire des connaissances ?

— Personne. Absolument. Il lisait le journal et empruntait des livres de science-fiction.

— Ma foi, si la moindre chose, quoi que ce soit, vous vient à l'esprit concernant M. Langley-Smythe, peut-être que vous nous passerez un coup de fil ? Nous sommes au presbytère anglais, juste au coin de la rue ; donnez-lui le numéro, Jeffreys, voulez-vous ?

L'inspecteur principal s'éloigna et regarda alentour, en écoutant Miss Peece vociférer :

— On ne peut pas me demander d'interrompre mon travail pour venir ici tous les jours que Dieu fait !

— Une fois par mois, signora, une fois par mois...

— Voilà, dit Jeffreys, en inscrivant le numéro sur un bout de papier.

Le jeune homme paraissait mal à l'aise.

— Quelque chose ne va pas ?

— Humm... euh... oui, en fait... ses livres de la bibliothèque.

— Eh bien, quoi ?

— Ma foi, il a dû en emprunter deux, ce qu'il faisait toujours. J'en suis responsable... humm...

Les doigts roses s'agitaient fébrilement.

— Le problème, c'est que nous fermons demain pour Noël...

— Je vois. Eh bien, c'est la police italienne qui s'occupe de l'enquête, mais je verrai si je peux faire quelque chose pour vous. Si je n'ai pas l'occasion de les déposer ici, je les laisserai au presbytère.

L'arrangement ne semblait pas lui convenir.

— Vous n'y passez jamais ?

— Certainement pas ! Toutes ces vieilles croûtes et leurs gâteaux faits maison... on se croirait dans un village anglais ; à se demander pourquoi ils vivent ici.

— Et vous, pourquoi ?

— Je vis ici ? Eh bien... j'ai un ami... En fait, j'écris un peu ; une monographie sur un peintre toscan quasi inconnu. J'y travaille depuis quelque temps... Je pourrais peut-être en faire quelque chose de plus important...

— Vous allez chercher un éditeur vous aussi, alors.

— Humm... Il est fort possible que je rencontre quelqu'un ici...

— Vous ne trouvez pas ça... déprimant ?

Même les nouveaux livres empilés sur la table commençaient à fléchir sous l'humidité.

— Je veux dire... toute votre clientèle a l'air un peu... bizarre.

Le jeune homme détourna les yeux, serrant et desserrant ses poings frêles.

— Je suppose... oui.

Puis il ajouta avec indulgence :

— Moi-même, je suis assez bizarre...

— Vous êtes prêt, inspecteur Jeffreys ?

— Tout à fait, chef.

Ils sortirent d'un bon pas, descendirent l'escalier et rejoignirent la rue.

— Un endroit plutôt désolant, fit remarquer l'inspecteur principal.

— Oui, monsieur, très.

Jeffreys avait même l'impression que son imperméable sentait le moisi.

— Nous devrions nous mettre en route pour le

poste des carabiniers. Nous ferions mieux de prendre un taxi. Que diriez-vous d'un café dans le bar qui est en face des arbres de Noël ? Je pourrais en appeler un depuis cet endroit.

— Bonne idée.

Une femme avec un tout petit enfant en bonnet de laine rouge contemplait les sapins les plus grands. La moindre odeur persistante de moisissure eut tôt fait de disparaître sous les cris du gamin qui sautillait et la chaleur du bar, avec ses décorations de Noël et l'arôme du café fraîchement moulu et des pâtisseries. Au moment où le taxi jaune freina bruyamment au coin de la rue, ils recouvrèrent la sensation du monde réel.

Lorsque le portail électronique se referma derrière l'inspecteur principal et Jeffreys, leur escorte de la veille les attendait.

— Si vous voulez bien me suivre, leur dit-il en italien.

Il ouvrit la marche, une main sur son épée rutilante, pour lui éviter de cliqueter.

« Il porte des bottes de cavalier... » songea l'inspecteur Jeffreys. La même question trottait dans la tête de son supérieur.

— Vous parlez un peu l'anglais ? s'enquit-il auprès du jeune lieutenant.

L'officier s'excusa. Il parlait italien et français. Lorsqu'ils parvinrent au bureau du capitaine, il le salua, puis les laissa.

— Bonjour, dit le capitaine en se levant.

Absous, le carabinier Bacci se tenait à ses côtés, prêt à traduire. Le dossier Langley-Smythe était ouvert sur le bureau. Le capitaine paraissait songeur. Lorsqu'ils s'assirent, il leur offrit des cigarettes dans un coffret en bois sculpté.

— Je préfère ma pipe, répondit l'inspecteur principal, si personne n'y voit aucun inconvénient.

— Je vous en prie. Je tiens à ce que vous fassiez absolument comme chez vous.

Il baissa les yeux sur le dossier, tandis que l'inspecteur principal allumait sa pipe. Sous les hautes fenêtres, ils entendaient le flot des véhicules dans la rue humide et brumeuse, qui klaxonnaient, impatients, aux fréquents ralentissements. Deux voitures quittèrent le bâtiment avec la sirène en route.

— Eh bien, commença l'inspecteur principal, nous avons bavardé avec le pasteur et nous sommes allés à l'*English Library*, mais je crains que nous n'ayons pas grand-chose à vous apprendre, si ce n'est que M. Langley-Smythe lisait de la science-fiction et n'a pas — je devrais dire : « n'avait pas » — d'amis, d'après ce que nous savons jusqu'ici. J'espère que votre matinée aura été plus fructueuse que la nôtre.

— Un certain nombre de faits nouveaux sont apparus, déclara le capitaine avec prudence. Mais peut-être devrions-nous consulter d'abord le rapport d'autopsie du professeur Forli. L'arme utilisée, comme je pense vous l'avoir dit, était un 6.35. La balle a transpercé le ventricule gauche et la victime a perdu très peu de sang, la mort étant quasi instantanée. Le professeur Forli établit l'heure du décès aux alentours de trois heures du matin ; ce qui est confirmé par un témoin, une enfant vivant dans l'immeuble et dont le sommeil a été troublé par un gros *bang* à trois heures moins le quart. Personne d'autre n'a entendu quoi que ce soit. Le sang contenait une grosse quantité d'alcool, de même que l'estomac du whisky, mais il semble que M. Langley-Smythe ait été un gros buveur, compte tenu de l'état de son foie ; nous n'avons aucune raison de croire qu'il ait été en état d'ivresse, à savoir handicapé par l'alcool. Par ailleurs, il était en assez bonne santé, pour un homme de soixante ans.

— Excusez-moi...

— Oui, je vous en prie ?

— Vous avez établi l'heure du décès, mais je présume que son repas, celui du soir, était complètement digéré à ce moment-là. Est-ce que cela signifie que nous ignorons où il a dîné et avec qui ?

— Nous le savons, en fait. Mes hommes ont interrogé les restaurateurs du quartier, en commençant par les plus proches de chez lui. Ils ont commencé par un faux départ, malheureusement, en essayant juste les établissements qu'ils croyaient fréquentés par un étranger aisé...

— Et ?...

— Ils ont fait chou blanc. Personne ne le connaissait. Mais comme il y avait peu d'aliments dans l'appartement et juste des tasses à café dans l'évier, il paraissait certain que la victime se restaurait en ville. Ils ont alors tenté leur chance dans les endroits meilleur marché. Apparemment, il dînait tous les soirs aux environs de huit heures et demie, dans une petite gargote d'une ruelle qui donne dans la Via Maggio, connue sous le nom de *Casalinga* ; c'est le genre d'établissement fréquenté par les ouvriers et artisans du coin dans la journée, et par les étudiants le soir. On peut y prendre un repas tout à fait substantiel, moyennant quelque quatre mille lires. Chaque soir, Langley-Smythe occupait dans un coin la même table pour un couvert ; il ne consommait d'ordinaire qu'un seul plat, voire deux, à l'occasion. Il buvait pas mal de vin.

— Toujours seul ?

— Toujours. Y compris, bien sûr, le soir où on l'a assassiné. Paolo, le fils aîné du patron, l'a servi. Il a choisi deux plats : du rosbif avec de la salade, suivis d'une crème caramel. Il a bu presque un litre de rouge. Il était seul à sa table habituelle et a lu un quotidien anglais, tout au long du repas...

Ils se rappelèrent le vieil homme irrité à la bibliothèque : « Il avait l'habitude de voler le journal, de sortir avec, dans la poche de son pardessus. »

— On ne dirait pas qu'il aimait dépenser l'argent, marmonna l'inspecteur principal.

— Une marotte, peut-être, avança poliment le capitaine. Cela arrive souvent... les gens qui vivent seuls... ce n'est pas forcément en rapport avec l'affaire, mais nous avons besoin de nous faire une idée précise de sa vie et de ses habitudes. Avant tout, il nous faut savoir quelles relations il pouvait avoir, en dehors de son avocat.

— Il semble qu'il n'en ait eu aucune.

— Mais il en avait. Un certain nombre. Les gens dont on a découvert les empreintes dans l'appartement. Il reste aussi la question de l'argent, qui, vous vous en souvenez, se trouvait en diverses devises, et n'a transité par aucune banque de Florence... du moins pas sous son propre nom. Réfléchissons en premier lieu aux empreintes.

Le capitaine sortit le rapport du dossier :

— Le problème, avec celles-ci, c'est que, selon ses voisins, M. Langley-Smythe ne recevait jamais de visites, et pourtant nous avons retrouvé des empreintes sur tous ses meubles et ses tableaux ; des empreintes de sept personnes différentes en tout. Certes, il a très bien pu avoir un seul visiteur à l'insu de tout le monde, mais pas sept. Enfin, je ne pense pas. Il y avait d'autres empreintes aussi... plus anciennes, non identifiables.

— Vous voulez dire que ce ne sont pas les empreintes de quelqu'un qui serait entré par effraction... Vous avez vérifié, au fait ?

— Auprès du fichier central, bien sûr. Une seule personne a été identifiée. Un épicier local du nom de Mazzochio. Il a une camionnette et fait à l'occasion des petits déménagements au noir. Une condamnation pour recel. Une broutille.

— Dans ce cas, reprit l'inspecteur principal, en se détendant un peu, il est fort possible que M. Langley-Smythe ait acheté du mobilier et que ce type, ce Maz... peu importe comment vous l'appelez... l'ait livré ?

— C'est bien possible.

— Le cas échéant, il devrait y avoir au moins certains meubles qui portent seulement ses propres empreintes, non ?

— Tout à fait. Son bureau et les sièges en cuir qui vont avec, ainsi qu'un fauteuil... et les autres pièces, aussi, bien sûr ; ce n'est qu'au salon qu'on a trouvé les empreintes différentes.

— M. Langley-Smythe s'est donc offert quelques nouveaux meubles. Nous pourrions perdre notre temps là-dessus.

Le chef s'exprimait comme s'il s'adressait à l'un de ses inspecteurs, en oubliant qu'il n'était pas chargé de l'affaire.

— Nous le pourrions, répéta le capitaine, imperturbable. Mais je ne le pense pas...

Tôt ou tard, il allait devoir le mettre au courant au sujet du buste. Peut-être que le moyen le plus simple consistait à le laisser découvrir cela lui-même.

— Nous allons visiter de nouveau l'appartement... je me demande si cela vous plairait de nous accompagner. À vrai dire, il y a une dame anglaise au dernier étage, une certaine Miss White, qui ne parle pas un mot d'italien. Je suis sûr qu'elle vous répondra mieux à vous qu'à nous, si vous vouliez bien vous...

— Oh oui, certainement. Nous nous en chargerons à votre place.

— Merci. Nous lui avons déjà parlé hier, bien sûr, mais très brièvement... puisque nous attendions votre arrivée... j'espère ne pas m'être montré présomptueux ?...

— Pas du tout, pas du tout, répondit l'inspecteur principal, enchanté. Comme je l'ai dit, nous ne devons pas être considérés ici à titre officiel, mais si nous pouvons apporter la moindre assistance...

— C'est fort aimable à vous.

Le capitaine Bacci ferma les paupières et remercia le Ciel en pensée, après avoir traduit ces propos. Le capitaine téléphonait pour qu'on lui envoie son brigadier.

— J'ai réservé pour déjeuner au mess des officiers.

Comme le brigadier entrait, il se leva, puis se rendit compte, sans se retourner, que le carabinier Bacci se tenait au garde-à-vous derrière lui, raide d'espoir et d'appréhension.

— Si vous n'y voyez aucune objection, messieurs, ajouta-t-il, tandis que le brigadier récupérait le dossier, puis saluait, le carabinier Bacci se joindra à nous, en qualité d'interprète.

Et une fois encore, le carabinier Bacci aurait juré que le jeune Anglais lui avait lancé un clin d'œil, après avoir observé la scène avec un sourire ironique et sans souffler mot.

CHAPITRE II

Deux voitures de la brigade les conduisirent Via Maggio, après le repas ; l'une transportait le capitaine et un inspecteur principal au regard éteint, les joues un peu rosées, après une généreuse part de longe de porc farci à la sauge et au romarin, accompagnée de purée de pommes de terre, et la salade verte, suivies par des douceurs au gorgonzola, et un chianti de la réserve, tout à fait à son goût. La seconde voiture transportait un brigadier, assis à côté du chauffeur, pour relever celui qui montait la garde à l'appartement, tandis que l'inspecteur Jeffreys et le carabinier Bacci occupaient la banquette arrière. C'était la première occasion, pour ces deux-là, de discuter sans leurs patrons, et Bacci n'en revint pas de la vivacité soudaine de ce jeune homme jusqu'alors silencieux. Une bruine grise tombait sur le fleuve, tandis qu'ils passaient le pont, puis s'arrêtaient au feu rouge, sur l'autre rive.

— Comme l'Angleterre, ce temps, mais pas aussi froid, amorça Jeffreys.

— Oui. C'est la saison pluvieuse. Ça commence en novembre et ça continue, jusqu'à la venue de la tramontane.

— La... ?

— La tramontane. La brise qui traverse les montagnes. Elle amène le temps clair et ensoleillé, mais plus froid, bien sûr.

— Oui, ça doit être...

La conversation sur la pluie et le beau temps parut se tarir, mais Jeffreys persista :

— Vous parlez très bien anglais. Vous avez appris à l'école ?

— Oui, je l'ai étudié à l'école, mais surtout appris avec ma mère. Elle a eu une nurse anglaise, puis une gouvernante anglaise, alors elle parle anglais aussi bien qu'italien.

C'était au tour de Jeffreys d'être surpris.

— Et vous voulez devenir flic ?

— Je vous demande pardon ?

— Policier, désolé. Je veux dire, avec votre famille...

Le carabinier rougit un peu et comprit.

— Mon père était avocat et j'étais aussi censé le devenir, mais il est mort quand j'étais encore au *licèo*. J'ai une sœur cadette, un bébé, à l'époque. La situation était assez difficile... Ma mère est habituée à un certain mode de vie, alors...

— Je vois. C'est dur pour vous. Je vous plains.

— Non, il n'y a pas de quoi. C'est ce que je souhaitais. Je n'aurais pas aimé devenir avocat.

Ses yeux bruns étaient des plus sérieux. Jeffreys se demanda s'il lui arrivait parfois de sourire. Leur véhicule était bloqué dans une file d'attente, à quelques centimètres d'une voiture de police bleu et blanc, laquelle était coincée dans l'autre sens. Jeffreys remarqua que les deux chauffeurs n'échangèrent aucun hochement de tête ou geste de la main, en signe de reconnaissance.

— Des collègues à vous ? observa-t-il à l'adresse du carabinier Bacci.

L'autre planta carrément son regard à travers la vitre et lorgna les passagers du véhicule bleu et blanc.

— Non, déclara-t-il, en se retournant.

— Une autre division ?

— Oh non ! Ils n'ont absolument rien à voir avec nous.

— Ils ont une section en civil, je suppose.

— Oh oui ! Mais nous aussi.

L'inspecteur Jeffreys ne put résister à l'image qui lui vint à l'esprit :

— Ha ! Ha ! Vous devez vous tenir bien informés les uns les autres ! Imaginez ce qui arriverait si vous arriviez à deux en civil sur une affaire... et commenciez à vous tirer dessus !

Le pauvre carabinier Bacci regarda ses genoux d'un œil morne et sans répondre. Heureusement que la voiture se mit à freiner d'un seul coup à ce moment-là et qu'une grosse dispute éclata, entre leur chauffeur et celui du véhicule qui venait soudain de déboucher d'une rue transversale.

— Vous êtes déjà allé en Angleterre ? s'enquit Jeffreys, radieux, tandis qu'ils roulaient de nouveau.

— Non, jamais. J'y ai souvent pensé, mais... En été, nous fermons la maison de Florence et nous en louons une plus petite, au bord de la mer, pour échapper à la chaleur... Pour ma mère et ma sœur, vous voyez, c'est nécessaire... Je ne pourrais vraiment pas... En janvier, il y a en général une période pour aller skier un peu dans les Apennins... Si j'avais les moyens de nous emmener tous en Angleterre... mais je crains qu'elles ne veuillent pas y aller.

Il poursuivit dans un soupir :

— Le véritable problème, c'est que la Toscane offre tout : de superbes villes et musées, des montagnes pour les sports d'hiver, des plages...

— À mon avis, ça n'a pas l'air d'être un problème,

répondit Jeffreys, originaire d'une HLM de Stoke-on-Trent.

— Mais c'en est un, expliqua le carabinier Bacci. Car nous ne nous déplaçons jamais nulle part ; Machiavel se moquait de nous qui nous prétendions de grands voyageurs, si nous allions jusqu'à Prato.

— Où est-ce ?

— À une vingtaine de minutes de l'endroit où nous sommes à présent.

— C'est à ce point-là, vraiment ?

Il se montrait familier, mais en jetant un œil sur les rangées de persiennes, les rues surpeuplées et enclavées, il eut un bref quoique vif aperçu de la claustrophobie qui menacerait quiconque resterait assez longtemps dans la ville, à moins qu'il ne s'agisse d'agoraphobie, en fait, où le labyrinthe vous avalait sans que vous ayez même envie d'en sortir. Jeffreys tenta de s'imaginer dans l'avion volant vers Londres, mais l'idée manquait de réalisme.

— Ma foi, c'est assez facile d'aller à Londres, si vous le voulez, dit-il pour s'en convaincre lui-même, et je vous donnerai mon adresse. Je serais ravi de vous faire visiter Scotland Yard et tous les lieux qui vous plairaient.

— Vous feriez ça ? demanda le jeune, visiblement touché. C'est très gentil à vous.

— Ce serait avec plaisir. C'est la bonne rue, n'est-ce pas ? J'aperçois le pont à l'autre bout.

— Oui. C'est ça. Au 58.

— Ça doit être votre première grande affaire, j'imagine ?

— Ma première affaire tout court. Je suis encore en formation à l'école d'officiers, mais on nous envoie faire des stages sur le terrain.

— On vous jette dans le grand bain, pas vrai ?

— Pardon ?

Mais le temps manquait pour lui expliquer l'expression. Seuls le patron de la rôtisserie et le barman du coin montraient encore leur nez et les regardaient arriver ; les autres magasins avaient baissé leur store pour la sieste et les trottoirs mouillés se vidaient rapidement. Ils traversèrent l'entrée dallée du numéro 58, et le brigadier posté devant l'appartement du rez-de-chaussée les salua.

— Des incidents ? s'enquit le capitaine.

— Non, monsieur.

— Aucun des résidants n'a cherché à vous parler ?

— Non, monsieur...

— Mais ?

— Une petite fille, monsieur, avoua le jeune brigadier en rougissant. Elle m'a donné un peu de fil à retordre, quand elle est rentrée de l'école.

— Oui, j'imagine... fit le capitaine dans un froncement de sourcils. Elle n'était pas seule ?

— Non, monsieur. Avec une enfant plus grande et une bonne.

— Merci. C'est tout, brigadier. Allez vous acheter quelque chose à grignoter. Nous entrons dans l'appartement et je laisserai le brigadier remplaçant prendre la relève.

— Merci, monsieur.

La pièce froide n'était guère engageante.

— J'allume, monsieur ? suggéra le carabinier Bacci.

— Faites donc.

La seule lumière provenait de la lampe avec son poussiéreux abat-jour en parchemin. Les deux détectives anglais observèrent alentour les meubles d'antiquaire disposés avec négligence, les peintures à l'huile dans leurs cadres dorés, grossièrement sculptés, posées contre les murs, les mégots de cigarettes éparpillés dans l'âtre en pierre.

— Le corps gisait ici, tel que c'est marqué au sol, à l'entrée de la chambre ; si vous voulez bien y pénétrer, vous pourrez jeter un coup d'œil au coffre-fort.

Le capitaine ouvrit la marche. Sans réfléchir, le carabinier Bacci passa par-dessus le marquage à la craie, comme si la pesante silhouette se trouvait encore à terre.

Ce fut l'inspecteur Jeffreys qui, par hasard, remarqua le livre à la reliure un peu déformée, posé près d'un verre de whisky et d'un cendrier rempli, sur la table de nuit.

— Puis-je ? demanda-t-il au capitaine, puis il s'empara de l'ouvrage : *Planète en feu*. Il devrait y en avoir un autre, ajouta-t-il à l'adresse de son chef, puis pour Bacci. Le bibliothécaire veut les récupérer, si votre patron n'y voit pas d'inconvénient ; il y en a sans doute un second quelque part.

Celui-ci, *Hors du temps*, fut découvert sous l'édredon rabattu. À l'évidence, Langley-Smythe s'était allongé dessous pour avoir chaud, mais pas dans le lit, puisqu'il était vêtu. Il attendait quelque chose ou quelqu'un, mais pas des ennuis, sinon il n'aurait pas laissé son coffre ouvert ou tourné le dos au visiteur. Le capitaine donna son accord pour qu'on emporte les livres. Jeffreys se promit de les déposer à la loge du concierge de la bibliothèque ; il n'avait guère envie de visiter à nouveau les lieux. L'inspecteur principal examinait le coffre ouvert, fixé au mur, derrière le lit, les impeccables liasses de billets en différentes devises ; des francs suisses, des dollars, et des lires, pour la plupart.

— Tous déjà en circulation, observa-t-il. Pas de papiers ?

— Des documents personnels, bien sûr, mais rien qui puisse nous intéresser ; on a effectivement trouvé le nom de son avocat et il peut encore nous fournir un détail utile, mais en la circonstance, je ne pense vraiment pas que nous allons découvrir quoi que ce soit.

— Eh bien... pour ce qui est de la tentative de vol, je vous l'accorde, ça n'a aucun sens... et puisqu'il semble n'avoir eu aucune... vie sociale quelconque, je suppose que ça ne nous laisse plus que le coffre-fort. Il a dû y avoir je ne sais quelle transaction qui a mal tourné...

— Oui... je me demande si nous ne pourrions pas gagner du temps, en envoyant votre inspecteur là-haut, en compagnie du carabinier, pour parler un peu avec Miss White. À mon avis, il est peu probable qu'elle ait vu ou entendu quoi que ce soit, puisqu'elle habite au dernier étage, mais nous devons nous en assurer... Et si ensuite le carabinier voulait bien redescendre et jouer un peu les interprètes pour nous...

— Tout à fait. Bonne idée... Jeffreys, pourriez-vous, s'il vous plaît ?...

Il était sensible au tact du capitaine. Ils allaient avoir une discussion, et le plus tôt serait le mieux. L'affaire s'annonçait plus sérieuse que l'inspecteur principal ne l'avait prévu et aucun rapport symbolique n'allait camoufler tout ça. Il espérait seulement que l'inspecteur Jeffreys ne se trouverait pas dans les parages, lorsqu'il déciderait de la marche à suivre. Comme les jeunes gens s'en allaient, il s'assit lourdement dans le fauteuil, où l'adjudant s'était déjà affalé, et, d'un geste machinal, chercha sa pipe dans la poche de son imper, tout en promenant son regard dans la cour, par-delà les portes-fenêtres.

Après leur récent échange de propos, et tandis qu'ils montaient les marches, le carabinier Bacci reconnut volontiers :

— Mon anglais n'était pas assez bon. Elle est bien étrange, cette dame.

— Cette Miss White ? Ma foi, ces braves vieilles le sont souvent.

Jeffreys était l'aîné de sept enfants et, s'il avait toujours des ennuis avec ses supérieurs, il se pliait volontiers en quatre pour aider les collègues les moins expérimentés, sans le préméditer ou faire autre chose que de lancer un clin d'œil ostensible, lorsque le plus jeune se voyait félicité.

— Tout d'abord, ce qu'il ne faut pas oublier, c'est que la majeure partie de ce qu'elles racontent, c'est sans doute des ragots ; elles diraient n'importe quoi pour flatter un soupçon leur ego ou se venger d'un voisin, simplement parce qu'elles sont seules. Vous devez être patient, leur accorder toute votre attention, être prêt à prendre une tasse de thé avec elles... ou du café, dans votre cas, mais ça revient au même. Cet escalier est un peu... c'est encore loin ?

— Je vous demande pardon ?

Le carabinier Bacci était trop dérouté par la première partie de ce discours pour en saisir la fin.

— C'est encore haut ? précisa-t-il.

— Ah oui. Le prochain étage.

— Entendu. Et ensuite, elles ont peur.

— Peur ?

— Les criminels, le crime, elles vivent seules ; elles sont effrayées par tout ce qui peut leur arriver.

— Je ne pense pas que...

Mais le vocabulaire du carabinier Bacci, vestiges de bon ton d'une Florence d'avant-guerre, ne pouvait s'étendre à une description de Miss White, dont les seules chaussures suffisaient à le désarçonner.

— C'est cette porte.

Elle était à nouveau ouverte, mais ils sonnèrent.

— Entrez, entrez ! C'est gratuit ! les encouragea la résidante invisible.

Le carabinier Bacci dévisagea Jeffreys.

— Est-ce une sorte de musée ? murmura l'inspecteur, hésitant, comme il pénétrait dans le hall ocre-brun.

— Je pense, oui. Elle dit que...

— Ah ! Ha ! Ha ! Juste ce qu'il faut ! D'autres visiteurs pour nous aider... savez-vous prendre des photos ? C'est un de ces appareils automatiques, alors ça ne fait rien, si vous ne savez pas... vous saurez quand même, si vous voyez ce que je veux dire. Oh, c'est encore vous, ravie de vous voir, et vous avez amené un autre ami... *en civil*, encore une grande première ! Des inspecteurs en civil, comme à Scotland Yard... vous devrez l'inscrire dans le livre d'or — inspecteur, je veux dire, pas Scotland Yard ; je n'ai jamais eu qui que ce soit de là-bas, ou qui l'ait annoncé, du moins, mais on ne sait jamais, bien sûr, je suppose qu'ils ne l'ébruitent pas ; aucun intérêt de se balader en civil et d'annoncer à tout le monde que vous êtes policier... maintenant, avancez, que je vous présente M. MacLuskie, un homme merveilleux, qui souhaite une photo de lui dans la maison, à côté du portrait de Landor, mais il aimerait que je sois sur le cliché — je ne vois pas pourquoi —, alors ça ne vous ferait rien de tenir l'appareil, tenez, vous appuyez là, c'est tout ce que vous avez à faire, appuyer... je ne peux pas vous le dire en italien ; ça fait quinze ans que je suis ici et je ne parle pas un traître mot.

Elle avait flanqué l'appareil photo dans les mains de Jeffreys, réservant Bacci pour d'autres tâches.

— Nous allons vous inclure dans le portrait avec votre uniforme ; ça ne vous fait rien qu'il soit dessus, n'est-ce pas ? Vous pouvez m'envoyer un double.

— Cela ne me fait rien du tout, madame. Ce serait avec plaisir.

Le visiteur, un grand monsieur myope, membre éminent de la Ligue des amateurs de poésie de Paris (au Texas), était heureux de se trouver là et disposé à satisfaire tout le monde. Il avait décroché du mur le portrait du poète et, debout devant la cheminée du salon, le tenait bien droit devant lui, en s'appliquant à fixer l'appareil et l'inspecteur qu'il apercevait à peine. Après avoir été lui-même pris par surprise, Jeffreys démontrait à présent comment « être patient avec les braves vieilles », pour le bénéfice de son jeune collègue. Mais il découvrit qu'avec l'énorme M. MacLuskie et le grand carabinier dans le viseur, il n'apercevait qu'une touffe de cheveux gris de Miss White, entre leurs épaules. L'autre solution consistait à voir cette dernière flanquée de pied-de-poule et de serge noire. Il tenta de prendre la photo à genoux.

— Il suffit de viser et d'appuyer ! conseilla Miss White. *Instamatic !* C'est un de ces mots qui se trouvent être les mêmes en italien, je crois bien, enfin espérons, en tout cas...

— Ne bougez plus, implora Jeffreys, tandis que la tête grise ne cessait d'entrer et de sortir du champ.

— Entendu ! On ne bouge plus ! Allez-y !

Jeffreys appuya sur le déclencheur.

— Merveilleux ! Je suis contente que vous soyez dessus, aussi, murmura Miss White en tapotant le bras du carabinier Bacci. Vous devez dire à votre ami, ajouta-t-elle en haussant le ton, d'apprendre un peu l'anglais, avant qu'il ne soit trop tard ; il a l'air un peu plus vieux que vous. *Vous devez commencer jeune*, sermonna-t-elle à l'adresse de l'inspecteur Jeffreys, en parlant toujours haut avec obligeance, je parie que vous avez trente, trente-trois ans ? hum ?

— J'en ai trente-deux, Miss White.

Déboussolé, l'inspecteur s'évertuait tant à ce que son anglais sonne juste qu'il en dénatura son accent.

— Trop vieux, décréta Miss White. Si vous voulez apprendre une langue étrangère, il vous faut commencer jeune ; le plus tôt, c'est le mieux. Ce jeune homme en uniforme a fait le bon choix... regardez ! moi, je n'arrive pas à parler un traître mot... j'ai tout fait traduire, mais ce n'est pas pareil, si seulement je pouvais parler comme un autochtone ; le fait est, ajouta-t-elle comme pour réconforter l'inspecteur Jeffreys, que votre propre langue est très jolie. Signez le livre d'or !

« Inspecteur Ian Jeffreys, New Scotland Yard, Londres » inscrivit Jeffreys, et le carabinier Bacci les quitta.

— Je ne peux pas vous offrir du thé, annonça Miss White. Je ne supporte pas le breuvage, mais je peux vous proposer un verre de vin ou de *grappa*.

— J'aimerais bien un verre de vin.

Ils étaient installés dans la pièce privée de Miss White, qui surplombait la cour, un minuscule studio qui, à d'autres étages, aurait sans doute été occupé par un domestique.

— Je ne m'accorde pas beaucoup de place, hein ? s'enquit-elle en remarquant les coups d'œil discrets de l'inspecteur. Mais les gens montent ici pour voir le musée, pas pour me voir, moi... enfin, certains si, pour être honnête ; des gens qui reviennent d'année en année, qui m'envoient des cartes postales... je me fais beaucoup d'amis, en réalité ; le problème, c'est qu'ils ne viennent à Florence qu'en visite, ils vivent toujours si loin. Mais ils n'oublient pas, comme vous pouvez le voir. Des gens merveilleux.

La pièce était décorée de plus d'une centaine de cartes de Noël, envoyées par des visiteurs témoignant leur souvenir.

— Elles viennent surtout d'Amérique, d'Angleterre, et d'Australie... mais, tenez... regardez, en voilà une du Japon ; regardez ça, un bonhomme de neige avec de petits yeux bridés... c'est une dame qui a traduit certains des poèmes en japonais, elle m'en a envoyé un exemplaire aussi, mais j'ignore dans quel sens il faut tenir l'ouvrage... voici votre vin. Dans un verre droit... je n'ai pas confiance en leurs malheureux petits verres à pied. *Eh bien...* si je m'attendais à ce qu'il soit assassiné ; je ne suis pas surprise, bien sûr, mais j'ai peine à le croire.

— Pas surprise ? Pourquoi donc ?

— Ma foi, c'était un homme épouvantable. Je ne devrais pas en dire du mal, mais c'est ainsi.

— Affreux dans quel sens ? Il mettait sa radio trop fort ou quelque chose dans ce goût-là ?

Miss White lui décocha un regard perçant :

— Si c'est encore une blague comme de faire mine d'être italien, j'aime autant vous dire que je ne vous suis pas.

— Non, je ne plaisante pas... et je ne faisais pas mine de...

— Suis sans doute trop vieille. Les modes changent ; c'est valable pour l'humour comme dans n'importe quel domaine. De nos jours, beaucoup de jeunes gens ne perçoivent pas l'humour dans Shakespeare, ma foi... tout ce que je peux dire, c'est que je ne suis pas surprise... je l'ai invité à monter, vous savez ; j'invite chacun de mes voisins, les italiens aussi, et ils *viennent*. Le juge est venu, un homme merveilleux, très cultivé, et la charmante jeune femme d'à côté ; ils sont partis, elle est américaine... elle est venue, m'a invitée une fois à un cocktail, une jeune femme vraiment charmante... trop de peinture sur la figure, je dirais, mais c'est sans doute à la mode là d'où elle vient, et puis il y a le signor Cesarini ; ma foi, il est venu quelquefois, naturellement, et les Cipriani ; ils sont toujours occupés, deux enfants, beaucoup de visites et tout ça, mais des gens très charmants, très courtois ; ils ont manifesté de l'intérêt, et je ne serais pas étonnée qu'ils passent ici un de ces jours... une fois, la petite fille est venue me prévenir d'une coupure de courant... on leur apprend l'anglais à l'école, vous savez... pendant qu'ils allaient faire des travaux ; je me suis dit que c'était très aimable de leur part, vraiment.

— Mais M. Langley-Smythe ? insista l'inspecteur, en se promettant de revenir plus tard sur l'une des remarques de son interlocutrice. Quoi d'autre à son sujet ?

— Il n'aurait même pas ouvert sa porte, tout juste pour y passer la tête et me regarder d'un air renfrogné... et si poli dans l'escalier, qu'on lui aurait donné le bon Dieu sans confession, toujours à jouer le parfait gentleman anglais. Mais quand j'ai frappé chez lui... on aurait cru que j'essayais de le cambrioler ! Aucun intérêt pour les poètes anglais, pas un seul ; il me l'a même affirmé et m'a claqué la porte au nez, pour ainsi dire. Un béotien achevé, et des manières si épouvantables.

— Je vois. Mais vous déclariez ne pas être surprise à l'annonce de son assassinat ; ce que je veux dire, c'est que son manque d'intérêt pour votre musée, ses mauvaises manières, tout ça ne le prédisposait pas à être assassiné...

— Mais *si*, rétorqua Miss White d'un ton irréfutable. Alors, j'ai raison. On ne peut pas traiter les gens de cette façon. Quoi qu'il en soit... j'ignore si vous aimez les ragots... je ne devrais pas dire du mal des morts, et donc vous le confier, mais je vais devoir le faire, maintenant que j'ai lancé ça, n'est-ce pas ? Eh bien, je n'en dirai pas plus, mais seulement que s'il avait changé de vêtements aussi souvent qu'il changeait de meubles, ça aurait été une bonne chose. Bon, maintenant, je l'ai dit.

Jeffreys prit une gorgée de vin, tout en jonglant soigneusement avec le contenu de cette remarque, pour y déceler une signification quelconque. Puis il se souvint des empreintes.

— Il changeait souvent de mobilier, alors ?

— Une fois par mois, en moyenne, je dirais... mais ce costume, il le portait depuis son arrivée ici voilà cinq ans, j'en suis sûre ; tout taché sur le devant, le genre de chose qui fait la mauvaise réputation des Anglais à l'étranger.

— Si on laissait un peu de côté ses vêtements, poursuivit Jeffreys, c'est bizarre que personne d'autre n'ait remarqué ses nouveaux meubles... si je ne m'abuse, aucun autre résidant n'a jamais mentionné le fait qu'il en changeait souvent.

— Ma foi, ils n'allaient pas le remarquer, n'est-ce pas, puisqu'il faisait toujours ça à trois heures du matin ? Beaucoup de gens procèdent ainsi, bien sûr ; ils sont obligés, à cause des rues étroites, et parce que la loi interdit de les bloquer dans la journée. On ne peut pas opérer autrement... le mazout pour le chauffage central, par exemple, il faut se le faire livrer la nuit ; le nettoyage des rues, il faut le faire la nuit, même que c'est bruyant, mais c'est comme ça. Ce que je dis, c'est qu'un homme qui change de mobilier tous les mois est sans doute un escroc. Prenez-en encore une goutte, il y en a plein.

— Merci. Attendez une minute, reprit Jeffreys avec prudence. Comment savez-vous tout ça ?

— Je l'ai vu.

— À trois heures du matin ?

— Exact. Je l'ai dit... pas la peine que je vous dise quoi que ce soit, si vous n'écoutez pas ; on sonne à ma porte. Servez-vous donc. Je vais les accueillir et je reviens de suite.

Il entendit la femme beugler ses indications enthousiastes dans l'interphone, les grandes portes se refermer avec fracas au rez-de-chaussée, puis une rapide salve de remarques surexcitées résonner dans les vastes pièces, et enfin les pas feutrés et furtifs des chaussures de sport qui revenaient dans le studio.

— Bon, où en étions-nous ? Navrée d'avoir filé au beau milieu d'une phrase, mais ce sont mes heures d'ouverture, de quatre à sept heures ; je dis « heures d'ouverture », mais je laisse entrer n'importe qui à n'importe quelle heure, c'est toujours agréable de les accueillir... mais si je dis que ce sont « mes heures d'ouverture », ça fait plus correct, plus sérieux, vous ne trouvez pas ? Je suis si mal organisée que ç'en est lamentable, je l'avoue, mais les gens sont les bienvenus à toute heure; maintenant, vous allez devoir me répéter ce que vous me demandiez en dernier lieu... j'ai oublié. C'est le vin, je suis complètement pompette.

— Oh, mon Dieu...

— Ne vous faites pas de bile ! Ça me plaît ! Je vais même en reprendre une goutte. Allez-y.

— Vous me racontiez comment vous avez su...

— Ah ! C'est vrai. Regardez par la fenêtre. Venez ! Venez jeter un coup d'œil et qu'est-ce que vous voyez ? Le jour baisse, mais on y voit encore. Regardez !

La lumière hivernale de l'après-midi faiblissait déjà et la plupart des fenêtres de l'immeuble avaient leurs volets clos, hormis une seule, où perçait une lueur, derrière un rideau de mousseline.

— La chambre des petites filles. Vous voyez la plus jeune qui sautille ? Un vrai garçon manqué. Regardez plus bas.

Ils baissèrent les yeux sur la cime d'un palmier, puis sur les plantes dans d'énormes pots en terre cuite, et, juste au-dessous de la chambre de la fillette, sur la pénombre du rez-de-chaussée, un rectangle de faible lumière jaune sur les dalles en pierre. À l'intérieur de l'appartement de Langley-Smythe, ils distinguaient le capitaine et l'inspecteur principal en pleine conversation. Le second avait la tête penchée et se passait la main sur le visage. Ils ne pouvaient rien entendre, mais à présent le capitaine passait devant l'inspecteur et, debout, regardait dans la cour.

— Vous remarquez qu'il ne lève pas les yeux. Vous voyez votre ami, maintenant, derrière. Un garçon si beau ; l'uniforme lui va bien. Personne ne pense à regarder vers le haut ; les gens viennent à leur fenêtre et ils regardent dans la cour ou en bas ; c'est drôle, je l'ai souvent observé. Mais le bruit, ça monte, et plus vous surplombez ces cours d'en haut, pire c'est. C'est pareil dans les rues étroites... j'ai séjourné dans une *pensione* une fois, au début que je suis venue ici — j'étais seulement en vacances et j'y suis toujours —, c'est *épouvantable* pour le bruit ; ça se répercute d'un mur à l'autre, puis ça s'amplifie et ça monte... c'est pourquoi toute personne qui a de l'argent vit au premier étage.

— Pas au rez-de-chaussée ?

— Non, non, non, personne n'habite au rez-de-chaussée ; c'est pour les magasins, les garages, les entrepôts, pas pour y vivre... en tout cas, j'ai le sommeil léger, alors ils me réveillent toujours. Je me suis levée une ou deux fois, quand je les ai entendus faire du boucan, et je les ai vus aussi bien que je vois ces trois-là en bas, en ce moment.

L'inspecteur principal et le capitaine se tenaient tous deux à la fenêtre, maintenant, et le premier allumait sa pipe.

— Et qu'avez-vous vu au juste ?

— On déménageait des meubles. Des tableaux et des statues aussi, et vous ne me croirez pas si je vous dis que je *jurerais* qu'un des hommes présents est mon épicier... je parie que vous me prenez pour une toquée.

— Je ne vous prends pas du tout pour une toquée, Miss White, déclara Jeffreys, qui n'en pensait pas moins jusqu'ici, mais révisait rapidement son jugement.

— La plupart des gens prennent *vraiment* les vieilles femmes pour des cinglées ; les Anglais, en tout cas, et j'ai soixante-douze ans, c'est pourquoi je porte ces chaussures... elles m'aident à marcher, mais je suis certaine que cet homme est mon épicier... j'aurais mieux fait de le lui demander. Je ne pouvais pas, bien sûr ; je ne parle pas un traître mot, mais les commerçants du coin savent mieux que moi ce que je veux. Excusez-moi.

Elle détala soudain, son oreille aguerrie ayant capté le bruit des visiteurs prêts à s'en aller. Jeffreys resta immobile devant la fenêtre, le regard pensif, tourné vers le bas. Malgré lui, toute cette histoire l'intriguait et Miss White l'avait plutôt impressionné.

— Nous y voilà ! Je suis de retour. Je dois effectuer ces allées et venues, c'est forcé pendant les heures d'ouverture. Bon, où en étions-nous, cette fois-ci ? Je suppose que vous le savez ?

— Vous me parliez de votre épicier.

— Très juste, et d'un autre homme, qui entraient et sortaient avec de la marchandise... je ne connais pas le deuxième.

— Personne d'autre ? Quelqu'un qui aurait eu l'air d'organiser tout ça avec Langley-Smythe ? Ou juste les déménageurs ?

— Eh bien...

Pour la première fois, Miss White hésitait.

— Oui ?

— Eh bien, je ne sais trop quoi dire. Il y a *en effet*

quelqu'un d'autre. Il y *avait*, devrais-je dire, mais je ne l'ai jamais vu correctement, juste une fois de dos...

Elle baissa le regard sur le rectangle de lumière et fronça les sourcils.

— Mais vous pensez pouvoir le reconnaître ?

— C'est ce que je me suis dit, mais je dois être honnête ; je ne l'ai jamais vu, sauf une fois de dos, et je pourrais me tromper, alors je ne peux pas dire. Ce serait une affreuse calomnie, si je me trompais et si c'était juste une impression. Non, je ne peux pas *affirmer* que je l'ai reconnu, alors il vaut mieux que je me taise... ce serait de la diffamation, et je ne suis pas sûre ; c'est une simple idée qui m'a traversé l'esprit... non.

Elle n'était pas du genre à se laisser attendrir. Ils en vinrent à la nuit du crime.

— Oui, l'heure habituelle. Ça m'a réveillée... ma foi, je suppose que c'est le coup de feu qui a dû me réveiller, cette fois-ci... mais je ne me suis pas levée. Je veux dire qu'après plus de quatre ans, j'y suis habituée... je n'aurais jamais cru que...

— Quatre ans ? Et vous n'avez jamais songé à prévenir la police ?

— Je ne pouvais pas faire une chose pareille. Imaginez-moi en train d'essayer d'expliquer que j'avais vu mon épicier entrer et sortir au beau milieu de la nuit, transportant du mobilier... et tout ça en italien... je n'aurais pas su par où commencer. Je serais tentée de croire qu'ils m'auraient enfermée, dans le meilleur des cas. « Cette brave vieille folle », ils se seraient dit ; et ne prétendez pas que vous n'auriez pas déclaré la même chose, inutile de rougir, je vous ai vu lorgner mes chaussures d'un air bizarre, mais quand on arrive à mon âge, c'est soit le confort et on peut marcher, soit on prend un air digne et on reste dans un fauteuil... et je sais ce qui me convient. Quoi qu'il en soit, il se peut qu'il existe une raison tout à fait valable derrière tout ça. J'ai donc gardé un œil, juste au cas où. J'ai toujours un œil qui traîne. C'est la grande distraction nationale, ici, vous savez ; on observe ce qui se passe. Je n'ai pas besoin de télévision, je reste plus d'une heure à m'amuser dans le petit bar du coin, avec un café, à regarder le monde passer, et j'ai une terrasse en façade, qui donne sur la piazza. Pas besoin de télé du tout.

— À l'évidence, non. Maintenant, si vous me parliez du coup de feu. Vous disiez l'avoir entendu ?

— Je ne pourrais pas dire oui, pas plus que je ne pourrais dire non. J'ai affirmé que j'ai cru que c'est ce qui m'a réveillée, mais le temps de me réveiller, bien sûr, le bruit, quel qu'il soit, avait cessé. Je me suis alors dit : « C'est encore mon épicier louche et ce cochon du rez-de-chaussée », puis je me suis rendormie. C'est dommage, hein ? J'entends que c'est la seule nuit où j'aurais *dû* me lever et jouer les espionnes, mais c'est comme ça.

Lorsqu'elle le raccompagna sur le pas de la porte, elle observa :

— Je me demande bien pourquoi ces deux carabiniers n'y ont pas fait allusion, quand ils sont venus hier. On ne peut pas garder secrète une chose pareille à Florence. J'aurais pu tout leur raconter, s'ils avaient dit... pas en italien, bien sûr, mais quand même...

« Le chef n'est pas au bout de ses surprises », songea Jeffreys en descendant l'escalier en trombe, « et il ne va pas apprécier, pas du tout. »

Le brigadier de garde le salua et lui ouvrit la porte, mais Jeffreys s'arrêta sur le seuil, en regardant la scène. Personne ne parlait au moment où il entra, mais l'atmosphère était chargée d'une tension quasi palpable, une tension que Jeffreys reconnut. Les trois hommes étaient disposés de telle sorte que l'inspecteur principal se trouvait dos à la porte. Il était calé dans son fauteuil, entouré d'une fumée bleue, tel un génie de conte de fées. Tout à coup, il se hissa hors de son siège en se tournant, et, le visage tout excité et un peu rosé, s'exclama :

— Jeffreys ! Entrez, entrez donc et racontez-nous tout ! Vous savez, poursuivit-il en se tournant vers les Italiens, c'est l'affaire la plus intéressante que je connaisse depuis des années !

CHAPITRE III

— Commerce illégal d'objets précieux, récita le parfait étudiant. Commerce clandestin d'antiquités. Articles 705 et 706 du Code pénal.

— Mais pourquoi, s'enquit l'inspecteur principal, ne pouvait-il pas simplement s'établir comme un antiquaire en toute légalité, si c'est ce qu'il souhaitait ? Était-ce juste pour échapper au fisc ?

— Ça dépasse l'habituelle volonté de se soustraire à l'impôt, expliqua le capitaine. En fait, il aurait pu s'installer comme commerçant, mais il aurait dû faire face à un sacré tas de paperasse. Et d'abord, on ne l'aurait pas reconnu apte à diriger un commerce ; chez nous, toute personne désireuse d'ouvrir même une épicerie doit prouver sa compétence, avant d'obtenir une licence de la *comune*[1]. Pour la personne n'ayant aucune expérience commerciale, il est prévu des cours de comptabilité, de fiscalité, d'hygiène, de droit commercial, etc., sanctionnés par un examen. En cas d'échec, il est possible de nommer un individu qualifié pour diriger l'affaire. Toutefois, nous sommes en présence d'un cas plus complexe. Carabinier Bacci ?...

Ce dernier traduisit, puis poursuivit en exposant les

1. Municipalité. *(N.d.T.)*

lois compliquées qui régissaient l'exportation des antiquités :

— Bon nombre des grandes collections artistiques du monde se constituent à partir d'œuvres volées ou exportées d'Italie en secret. De tels collectionneurs sont des gens puissants et, même si l'on prouve que les œuvres ont été dérobées, ils refusent de les rendre sauf si nous payons leur valeur marchande, ce que nous ne pouvons nous permettre ; quoique parfois un riche homme d'affaires du Nord puisse débourser de l'argent pour que soit restituée une sculpture ou une peinture volée à l'église ou au musée qui en a été dépossédé.

— Un beau geste, commenta l'inspecteur principal.

— Non. Il fait *una bella figura*... vous comprenez ? C'est bon pour lui et ses affaires, c'est politiquement correct... dit-il sans animosité. Aussi, en raison du pillage continuel de notre patrimoine national, une loi fut votée en 1939 pour couvrir tous les aspects du problème. Désormais, il est interdit d'exporter des antiquités sans un permis pour chaque pièce, délivré par le ministère des Beaux-Arts. Si celui-ci est accordé, il faut alors régler une taxe d'exportation, dont le pourcentage est proportionnel à la valeur de l'objet ; cela peut monter jusqu'à trente pour cent. Dans le cas d'œuvres d'art ou d'artisanat majeures ou suffisamment belles pour être considérées comme appartenant au patrimoine national — qu'elles soient entre des mains publiques ou privées —, le permis serait refusé. Comme le stipule la loi, de telles pièces doivent être répertoriées auprès du ministère et ne peuvent être vendues, déplacées, ou en aucun cas changées ou restaurées sans autorisation. Les œuvres répertoriées comme celle-ci (il désigna l'ange en majolique) portent un sceau ministériel, comme vous pouvez le constater, et sont contrôlées à intervalles réguliers par une personne qualifiée, envoyée par une galerie publique de la région concernée.

— Que se passe-t-il au sujet de celle-ci ? s'enquit Jeffreys. Ne pouvez-vous pas la rendre au propriétaire ?

Le carabinier Bacci regarda le capitaine, qui secoua la tête et expliqua :

— Nous ne pouvons pas la déplacer sans la permission directe du ministère, qui devrait nous parvenir sous peu. Malgré tout, nous ne pouvons la rapporter à la villa du propriétaire, car la signora est encore absente et les domestiques, qui, à l'évidence, étaient complices du vol, ont disparu, sans doute parce qu'ils ont paniqué quand ils ont eu vent de l'assassinat. Comme la villa est déserte et sans surveillance, on ne peut pas envisager d'y rapporter une pièce d'une telle valeur. Dès que nous parviendra la permission, l'objet sera emporté à la Galerie palatine de Pitti.

La même idée traversa l'esprit des deux Anglais : la police attendait que Rome leur donne le feu vert pour déplacer d'une centaine de mètres un buste en terre cuite !

— Dès qu'elle sera sortie d'ici, poursuivit le capitaine, nous ne serons plus directement concernés. Il existe une équipe de carabiniers à Rome qui s'occupe uniquement de ce genre d'affaire ; ils ont pris la relève et nous tiendront informés... ce qui signifie qu'ils vont vérifier tous les autres vols dans les villas de la région et surveiller les douanes, pour toutes les pièces qui entrent dans le pays...

— Qui *entrent* ? répéta l'inspecteur principal, une fois qu'on lui eut traduit les propos. Navré, mais je ne suis pas.

— Je peux expliquer... si vous m'y autorisez, monsieur ? intervint Bacci en regardant le capitaine, qui hocha la tête. C'est une astuce assez courante. Je vous ai dit que les collectionneurs connus n'ont nul complexe à défier la justice italienne, surtout lorsque leur propre pays n'a aucune loi interdisant l'importation d'antiquités, mais de nos jours, la plupart des gens préfèrent ne pas mettre leur respectabilité à l'épreuve en achetant des œuvres illégalement exportées. Les seules choses qui peuvent quitter le pays en toute légalité sont celles qui y sont entrées avec un permis d'importer temporaire — des tableaux en prêt pour une exposition, par exemple — et bien qu'elles puissent être d'origine italienne, celles-ci sont évidemment autorisées à franchir de nouveau la frontière. Un commerçant peut utiliser ce détour pour exporter illégalement ; il fait sortir l'objet en contrebande, le fait rentrer avec un permis temporaire et l'acheteur peut alors le faire sortir. Dans le cas d'un commerçant inscrit au registre du commerce, nous pouvons bien sûr le vérifier. Il est impossible de le contrôler en permanence, mais tôt ou tard, il sera pris et passible d'énormes amendes et d'une peine de prison.

— Et c'est là que notre ami le marchand clandestin entre en piste, n'est-ce pas ? Langley-Smythe, en l'occurrence.

L'inspecteur principal cherchait ses allumettes, car sa pipe s'était éteinte, pendant qu'il écoutait, immobile, tout cet exposé. Il ne quitta pas le carabinier Bacci des yeux.

— Oui, bien entendu, le commerçant clandestin n'est sujet à aucun contrôle. Il a seulement besoin d'un endroit et de contacts, en particulier à un poste de douane : quelqu'un qui puisse laisser sortir les marchandises et leur accorder un permis d'importer en bonne et due forme, lorsqu'elles rentrent de nouveau dans le pays. Mais il ne peut guère aller plus loin dans l'opération. L'acheteur doit obtenir une facture portant le nom d'un commerçant immatriculé au registre du commerce, doit avoir acquitté la taxe habituelle, etc.

— C'est assez compliqué, marmonna Jeffreys, en se grattant la tête.

— Tout ce qu'on fait dans ce pays est compliqué, remarqua le capitaine en entendant cela, que ce soit légal ou non, et il y avait beaucoup d'argent en jeu, comme vous l'avez vu.

— Ainsi, dit l'inspecteur principal, adossé à son siège et de nouveau dans un nuage de fumée, cet appartement est un petit centre de transactions. Charmant ! D'où les différentes empreintes sur tout ce qui se trouve ici, à l'exception de son propre bureau et de son propre fauteuil, pour ainsi dire. Ce qui nous amène à ce M. X, le commerçant légal, sans parler de M. Y, l'employé des douanes véreux, et le couple qui a disparu.

— Nous n'avons pas à nous préoccuper des douanes ou du couple disparu, observa le capitaine. Comme je l'ai dit, nos fonctionnaires de Rome les localiseront plus facilement. Souvent ils connaissent déjà ce genre de personnes, mais manquent de preuves tangibles. Celui qu'il me faut, c'est ce commerçant.

— L'homme que Miss White a vu mais ne veut pas nommer, intervint Jeffreys. Vous pourriez faire parler l'épicier, bien sûr.

— Je le pourrais, admit le capitaine, mais c'est notre seul lien, et tant que personne ne sait que nous le surveillons, nous avons de l'avance. J'ai déjà envoyé des hommes dans ce quartier, pour vérifier sur place la comptabilité de tous les commerçants et découvrir si quelqu'un aurait exporté une trop grosse quantité de marchandises. Cela va créer de l'agitation et nous permettre d'obtenir quelques informations, sans laisser supposer que nous soupçonnons qui que ce soit en particulier.

— Et vous soupçonnez quelqu'un de précis ? s'enquit Jeffreys.

— Oui, mais comme Miss White, je suis prudent. Si je lui tombe dessus sans la moindre preuve, on ne me délivrera jamais un mandat.

— Eh bien, compte tenu de ce que vous nous avez dit à l'instant sur cette charmante petite installation, commenta l'inspecteur principal en désignant la pièce à l'aide de sa pipe, vous ne pouvez pas lui coller n'importe quoi sur le dos, si vous savez de qui il s'agit.

— Je lui collerai l'accusation de meurtre, s'il en est le responsable, déclara le capitaine, lugubre.

Ils en avaient presque oublié ce fait pour le moins inexplicable. L'arrangement semblait parfait, il avait fonctionné à merveille pendant des années, mais l'Anglais était mort. Ils se turent quelques instants.

Après avoir soigneusement tassé le tabac dans le fourneau de sa pipe à l'aide d'une allumette éteinte, l'inspecteur principal déclara :

— Il me semble qu'à votre place, je serais prêt à épingler notre M. X pour un délit mineur — ça ne devrait pas être difficile — et je le mettrais au frais pendant un petit moment. Il se pourrait bien qu'un tiers se décide à parler, si lui continue à se taire. Ou vice versa, vous arrêtez votre épicier et vous faites un peu monter la pression, en suggérant qu'il pourrait peut-être porter le chapeau pour toute l'affaire...

Mais le carabinier Bacci avait rapidement traduit la première partie des propos de l'inspecteur principal, et les deux Italiens hochaient la tête, avant qu'il n'ait fini de parler.

— Je ne peux pas faire une chose pareille, expliqua le capitaine, car si j'arrête un individu lié à cette affaire, je n'aurai que quarante jours pour rassembler mes preuves, après quoi le juge d'instruction devra prendre le relais. Il me faudrait une accusation en béton, avant de pouvoir demander un mandat.

— Mais ça vous empêche pratiquement de faire votre travail !

— Ça m'empêche de persécuter un innocent sur des preuves truquées ; c'est un garde-fou contre l'État policier, pour parler sans ambages.

— Ça m'a tout l'air de vous empêcher d'attraper un voyou.

— Peut-être, mais rappelez-vous que nos délibérations au tribunal, contrairement aux vôtres, ne sont rien d'autre qu'une pure formalité. Si j'arrive à mettre la main sur cet homme, il ne m'échappera plus.

La pâle gravité du capitaine parvint même à ébranler l'inspecteur principal. Aux yeux de ce dernier, un voyou était un voyou ; on pouvait prendre certaines libertés, lui aussi, mais seulement parce qu'il bénéficiait d'un procès équitable devant la cour. Le capitaine se montrait scrupuleux ; il ne prenait aucune liberté, certes, mais donnait l'impression qu'il ne ferait pas de quartier. L'inspecteur principal décida qu'il n'aimerait pas se trouver à la place de M. X. Enfin, ce n'était pas son problème ; le sien était résolu. Son vrai problème, c'est qu'il aimait les situations bien tranchées, soit c'était noir, soit c'était blanc, et appréciait que les choses soient faites dans les règles, mais il y avait trop de gris autour de lui ces temps-ci. Il savait où était sa place, pas question pour lui de rester sur la touche et de laisser son pays insulté, déglingué, détraqué, par des grévistes sauvages, des étudiants débraillés, ou des immigrés extrémistes. Il ressentait au plus profond de lui-même son besoin instinctif d'ordre et de calme. Mais c'était là un domaine où l'on ne pouvait jamais avoir raison sur toute la ligne ; il n'y avait aucune règle, aucun voyou, aucun « flic intègre ». Il en allait de même pour Langley-

Smythe ; l'inspecteur principal savait qu'on l'utilisait, mais c'était son travail et il était tenu de protéger les intérêts d'un compatriote contre des étrangers qui pourraient en faire le bouc émissaire de toutes les infamies possibles. Mais cela restait flou... gris. Ce coffre-fort plein de devises illégalement importées, ce buste volé avec un sceau ministériel indiscutable autour du cou, voilà qui lui remontait le moral. L'homme était une crapule. Les règles allaient s'appliquer ; si elles étaient italiennes et non anglaises, au moins elles existaient. En réponse à sa coopération aussi soudaine qu'écrasante, le capitaine ébloui avait accepté de tenir la presse étrangère à distance, jusqu'à ce que les intérêts anglais dans l'affaire se soient dissipés. Langley-Smythe avait été plus que justement puni pour ses fautes et il n'y avait pas lieu de s'acharner sur les morts. Ses biens seraient sans doute confisqués et l'affaire close. Quant à découvrir ce que la famille savait au juste...

Jeffreys, qui avait vu son supérieur opérer uniquement dans les zones grises, se révélait encore plus ébahi que le capitaine. De temps à autre, il regardait son chef à la dérobée, lequel affichait une mine placide, voire enjouée.

— C'est drôle, dit-il au carabinier Bacci, que personne d'autre que Miss White n'ait jamais vu M. X. À croire qu'après quatre années à réussir leur coup, ils se seront montrés moins prudents lors de leurs rencontres... ils auraient pu se téléphoner, je suppose, en dehors de ces visites nocturnes...

Quelque chose troublait encore l'esprit de Jeffreys, quelque chose qu'il aurait voulu demander à Miss White, mais il l'avait écarté, après avoir entendu la partie la plus importante du récit de son interlocutrice, et voilà que ça lui échappait totalement. Il était bien forcé d'abandonner. Si cela se révélait un détail capital, il pourrait toujours remonter là-haut et lui poser la question. Ça l'était, en fait, mais la nuit s'avéra en outre fort longue et il ne trouva jamais le temps d'agir.

Les quatre hommes restèrent assis un certain temps, calepins sur les genoux, dans la pièce faiblement éclairée, tandis que dans la cour le crépuscule laissait la place à la nuit et que la fumée de la pipe de l'inspecteur principal montait lentement vers le haut plafond. Ils parvinrent au moins à établir certains faits : Langley-Smythe attendait son visiteur, toujours habillé sous sa robe de chambre, avec un livre de science-fiction et une bouteille de whisky pour s'occuper, sous l'édredon qui le gardait au chaud. Le veilleur de nuit fit sa ronde aux alentours de trois heures ; c'était la raison pour laquelle Langley-Smythe resta dans la chambre, plutôt qu'auprès de la cheminée, qui demeurait la seule source de chaleur de l'appartement, de même qu'une lumière dans le salon aurait été visible sous la porte, lorsque le gardien laissa son ticket. Une fois ce dernier parti — et n'importe qui pouvait très bien l'entendre claquer la grosse porte —, Langley-Smythe avait le champ libre pour ouvrir la sienne et faire entrer ses déménageurs.

— Mais il a dû sortir pour ouvrir la porte donnant sur la rue, monsieur, hasarda le carabinier Bacci. Il n'y a pas de bouton électronique dans son appartement.

Le capitaine fronça les sourcils.

— L'homme que je soupçonne d'être notre M. X, répondit-il lentement, a pu le faire depuis l'un des étages.

— Quelqu'un de l'immeuble, réfléchit l'inspecteur principal. Oui... mais c'est d'autant plus bizarre, vous savez, que personne ne les ait jamais vus se parler ou se rendre visite l'un à l'autre.

— Ce n'est pas si bizarre, intervint Jeffreys, que Miss White ait pensé le reconnaître et n'ait pas voulu se prononcer...

Mais elle avait dit quelque chose... Jeffreys l'aurait juré, que cela avait un rapport avec l'un des autres résidants. Le capitaine enchaînait :

— Supposons que les déménageurs aient sonné et que quelqu'un du haut les ait fait entrer, quelqu'un qui soit descendu ici et les ait rejoints à la porte de Langley-Smythe. Une fois à l'intérieur, quelqu'un l'a abattu.

— Mais pas tout de suite, observa l'inspecteur principal. Ils ne sont pas entrés pour tirer sur lui aussitôt ; on l'a abattu dans le dos, alors qu'il allait dans sa chambre. Il nous faut donc savoir ce qui a cloché et ce qu'il allait faire dans la chambre à coucher.

— Il s'est dirigé vers le coffre-fort, suggéra Jeffreys.

— Mais pourquoi donc ? Pas pour en sortir de l'argent, quand même ? Selon ce que nous a dit le capitaine, ce sont eux qui étaient censés lui verser une part, et non pas l'inverse ; le commerçant réalisait les ventes. Tout argent qui changeait de main entrait dans le coffre mais n'en sortait pas, et lui avait les mains vides.

— Et s'ils l'avaient payé, dit Jeffreys, et qu'ils lui aient pris l'argent après le coup de feu ?

Le carabinier Bacci traduisit la phrase au capitaine, mais ce dernier se borna à secouer la tête sans répondre.

— Pourquoi, murmura-t-il à part lui, se seraient-ils disputés ? Et pourquoi auraient-ils laissé toute cette marchandise, quand ils avaient une camionnette à l'extérieur, prête à tout emporter ?

— Ma foi, si une dispute a soudain éclaté et s'est achevée par le coup de feu, remarqua l'inspecteur principal, et je dirais que ça a dû être le cas, parce qu'on ne se prépare pas à tuer avec une arme d'amateur, pas plus qu'on ne vise le cœur, comme vous l'avez dit vous-même, alors ils se sont à peine attardés sur les lieux pour s'occuper de toutes ces marchandises, après le coup de feu.

— Mais ça, reprit le capitaine en posant doucement la main sur la tête de l'ange, c'est autre chose. Ils devaient avoir un client qui l'attendait ou ça n'aurait jamais été volé, un client qui avait déjà versé une grosse somme en dépôt, pour le risque qu'ils encouraient. Il n'est plus question de la moindre licence d'exportation ; c'est une opération tout autre, qui devait se faire dans les plus brefs délais et qui est finie, à présent. Alors pourquoi ont-ils laissé l'objet, pourquoi ?...

Il se leva et se mit à arpenter la pièce, avant de se poster devant les portes-fenêtres. Ses yeux fixèrent le mur sombre de l'autre côté de la cour et, au milieu de celui-ci, un rectangle de lumière jaune, au deuxième étage. L'ombre d'une petite silhouette sautillait dans la tache lumineuse ; elle lançait quelque chose en l'air, puis le rattrapait. Le capitaine se tourna tout à coup et décrocha violemment le téléphone sur le bureau de l'Anglais. Sa main libre fit un geste en direction du carabinier Bacci.

— Montez chez les Cipriani, au second, et tâchez de savoir si la fillette a allumé lorsque le bruit l'a réveillée. Vous apprendrez sans doute que la réponse est oui, puisque elle a su nous dire l'heure qu'il était... mais vérifiez si son réveil est lumineux... Allô ? Passez-moi la salle de radio, je vous prie... Allô... oui, c'est ça... eh bien, ça nous mènera peut-être quelque part ; prenez ce message, je veux qu'il soit transmis sur-le-champ aux hommes qui interrogent les antiquaires du *Quartière 3*, et énoncez-le exactement comme suit : Ordre précédent annulé. Affaire Langley-Smythe close, je répète, close, par manque de preuves. Informez tous les commerçants, y compris ceux déjà interrogés, et rentrez au poste. Répétez-le-moi. Bien. Envoyez-le en ces mêmes termes. Lorsque les hommes seront revenus, dites à leur chef de m'appeler ici, au 284 393, pour la marche à suivre. J'aurai besoin d'eux toute la nuit... Je sais et j'en suis navré, mais je ne peux rien y faire. J'ai besoin d'eux. Merci.

Dans tout le *Quartière 3*, les radios se mirent à crépiter et interrompirent les conversations tendues dans les magasins d'antiquités calmes et élégants, aux sols en marbre brillant et aux grandes coupes en cuivre de poinsettias rouges et blancs, de la Via Maggio ; parmi les minuscules boutiques remplies de mobilier et de bric-à-brac de la Via de' Serragli et de la Via Santo Spirito ; dans les ateliers de restauration embaumant le vernis, avec les vœux de Noël inscrits en lettres chatoyantes sur leurs vitrines sombres, au cœur de modestes venelles qui débouchaient dans la Via delle Caldaie et la Via Maffia. Les officiers refermèrent les livres de comptes des marchands, firent circuler le message inattendu, sortirent dans la rue pour enfourcher leurs motocyclettes, puis allumèrent leurs phares, sous les regards curieux de la clientèle du soir. Dispersés parmi les longues rues étroites, ils rebroussèrent chemin et retournèrent chez les commerçants qu'ils avaient vus. « Vous pouvez oublier tout ça ; il n'y a pas lieu de vous inquiéter, l'affaire est close. » En l'espace d'une heure, ils étaient rassemblés et traversaient le pont en faisant rugir leurs motos pour rejoindre Bórgo Ognissanti. Le brouillard s'était dissipé et les rangées de lanternes en fer troublaient la surface noire du fleuve de multiples fragments lumineux.

— Cesarini, hein ? fit l'inspecteur principal, pensif. Et vous croyez vraiment qu'il serait assez fou pour descendre ici ?

— Je pense qu'il pourrait être assez curieux et qu'il doit être tenté, ne serait-ce que pour voir ce que nous fabriquons, ce que nous avons découvert. Si je lui disais moi-même que l'affaire était close, il aurait des soupçons ; ce n'est pas tout à fait un imbécile. Mais ces commerçants sont comme des fourmis. Cesarini n'était pas sur la liste des marchands à voir, car j'y suis déjà allé en personne. L'information va lui parvenir par le bouche-à-oreille en quelques minutes, je dirais, et il doit être tenté lorsqu'il reviendra et verra l'endroit désert... si j'ai vu juste, bien sûr. Je n'ai pas l'ombre d'une preuve contre lui... Ah, carabinier !...

Bacci se tenait dans l'entrée, la figure toute rouge d'avoir monté et descendu l'escalier en trombe, sans parler de sa surexcitation.

— Oui, monsieur. Elle a allumé sa lampe ; le réveil n'est pas lumineux.

— Bien. Alors, il est plus que probable que ce soit la lumière qui les ait affolés.

Le capitaine s'assit dans le fauteuil en cuir, devant le bureau, et se mit à tapoter doucement l'accoudoir de son poing, en projetant de petits nuages de poussière, comme l'adjudant l'avait déjà fait.

— Et pourtant, pourtant... je n'arrive pas à croire que personne ne les ait jamais vus tous ensemble... quatre ans... ce n'est pas possible ; on ne peut pas échapper à une chose pareille, pas à Florence. Les gens d'ici savent ce que vous allez faire, avant que vous ne le sachiez vous-même... Même dans une maison comme celle-ci, il se peut qu'ils ne s'adressent jamais la parole, mais ils seraient tout de même *au courant*, comme l'était la dame anglaise...

Le téléphone sonna.

— Lui-même... Oui... bien... exactement, j'espère que le commerçant que nous cherchons fera une éventuelle apparition ici, pendant la nuit. Nous allons partir manger un morceau, puis nous enfermer dans l'appartement et renvoyer le garde... oui, il a de la chance, cela va sans dire. Je suis désolé, mais je vais avoir besoin de vos hommes toute la nuit, car je n'ai aucun espoir d'en obtenir d'autres...

En général, cela n'avait pas d'importance ; avec la moitié de la population partie rejoindre la famille, *la mamma* et le dîner de Noël, l'activité criminelle se raréfiait autant que les policiers restés sur place pour s'en charger ; seule la police de la route s'attendait à un surcroît de travail. « Tout bien considéré, avait souvent dit l'adjudant à un carabinier Bacci sceptique, nous sommes tous des Italiens. »

— Postez-le à l'écart, dans une rue transversale, près de la piazza ; une voiture de patrouille et deux motos devraient suffire, ainsi qu'un homme en civil sur la piazza elle-même, pour monter la garde à leur place et rester en contact avec les autres... non, ce n'est pas nécessaire ; si quelqu'un entre, nous l'entendrons. L'homme qu'il nous faut vraiment est sans doute dans l'immeuble ou il va l'être, et nous sommes quatre au total ici, mais deux autres risquent de se pointer, et c'est là que vous intervenez... si vous les voyez sortir en trombe, interceptez-les. Il est possible qu'ils soient armés, alors veillez à ce que vos hommes soient protégés... oui... entendu, c'est tout.

Le capitaine raccrocha et consulta sa montre.

— Eh bien, messieurs, je pense que nous devrions manger un morceau, puis revenir ici avant que les magasins ne ferment, à huit heures. Et j'espère que je ne fais pas perdre du temps à qui que ce soit.

— Je ne crois pas, répondit l'inspecteur principal en se levant avec raideur de son siège. Et je pense que je ferais bien de téléphoner au pasteur, si cela ne vous dérange pas, car nous n'irons pas manger là-bas.

Il appela le presbytère.

— Felicity *va* être déçue de ne pas vous voir, et nous avons aussi du *shepherd's pie*[1]. Ah, j'imagine que vous n'y pouvez rien, à ce genre de contretemps, dans votre travail... Bon, vous avez une clé sur vous, au cas où vous rentreriez tard ? C'est que nous sommes d'ordinaire couchés vers les onze heures... alors n'hésitez pas à vous servir une tasse de thé à votre retour...

Lorsqu'il raccrocha, l'inspecteur principal battit des paupières pour vérifier qu'il se trouvait toujours en Italie. Il n'avait guère l'espoir de boire cette tasse de thé.

L'endroit le plus proche pour dîner sans tarder n'était autre que le *Casalinga*, fréquenté par l'Anglais de son vivant, juste au coin de la rue, car une foule de jeunes gens attendaient déjà les pizzas que le Napolitain préparait le soir.

Peu de gens étaient attablés pour dîner si tôt au *Casalinga* et la femme du propriétaire leur installa une nappe blanche toute propre à une table près de la fenêtre, dans la salle de derrière. Hormis le mur en pierre d'en face, il n'y avait aucune vue par-delà l'épais rideau de dentelle et un autocollant « Joyeuses Fêtes » sur la vitre.

Paolo, le corpulent fils du patron, apparut, boudiné sous un immense tablier blanc. Il avait des cheveux

1. Sorte de hachis parmentier. *(N.d.T.)*

bruns bouclés et un bout de crayon coincé derrière l'oreille.

— *Stracciatella*, annonça-t-il, en posant le regard sur eux, avant d'exhiber un calepin de dessous le grand tablier, puis d'y faire glisser le crayon, d'un geste professionnel.

— Et la carte, marmonna l'inspecteur principal inquiet à l'oreille de Jeffreys. Nous voulons une carte. Je n'aime pas...

— Allons, allons ! fit Paolo en agitant un doigt dans sa direction, comme pour le réprimander, car c'était un Florentin pur sang. *Stracciatella !* Un bon bouillon tout frais, des œufs qui viennent d'être pondus il y a dix minutes, tout ça préparé par *la mamma*. Quatre. Quatre *Stracciatelle* !

Il cria la commande sans même se donner la peine de tourner la tête.

— Et qu'est-ce que votre mère nous a encore préparé ? s'enquit le capitaine avec respect.

— *Cotechino*[1] et lentilles, annonça aussitôt Paolo. Spécialement pour Noël. Mais est-ce qu'ils vont aimer ça ? Non. Ils sont anglais, hein ? Je vais leur apporter du foie de veau au beurre et à la sauge, et une poêlée de pommes de terre rôties. Tous les Anglais aiment les pommes de terre. De la salade verte ? De la salade verte. Un litre de vin. De l'eau. Un litre, ça devrait vous suffire. Plate ou gazeuse ? Plate, l'autre ne vous convient pas. Je vous apporte du pain.

Le crayon disparut derrière les boucles brunes et le serveur les avait déjà quittés, braillant la commande en ondulant dans le passage, entre les tables non dressées, avec leurs sous-nappes en toile cirée à carreaux.

Lorsqu'il revint avec une corbeille de gros pain de campagne et une cruche de vin, il flanqua le tout sur

1. Saucisson cuit. *(N.d.T.)*

la table et se pencha pour regarder l'inspecteur principal dans les yeux.

— Ne vous inquiétez pas comme ça ! le gronda-t-il sévèrement. Vous mangerez bien, ici !

Il en profita pour glisser son anglais de restaurateur :

— Beaucoup de clients anglais ! Tous mangent bien ! Des pommes de terre ! Du bon vin rouge pour le froid ! D'accord ?

Il tapota l'épaule de l'inspecteur principal, décontenancé, lui servit un verre de vin, puis poussa vers lui la corbeille de pain. « Mangez ! » fut son dernier ordre, puis il s'en alla vers la cuisine en roulant des hanches, plein d'entrain.

— Eh bien, fit l'inspecteur principal tout rougeaud, il a l'air de connaître son affaire. Je n'étais pas sûr de prendre encore du vin, mais je ferais mieux d'obtempérer.

Il rompit un morceau de pain et les deux Florentins l'observèrent. Pour la première fois, remarqua Jeffreys, ils souriaient.

— Nous les prendrons avec nous, déclara le capitaine peu de temps après.

Le gros Paolo glissa le filet de mandarines, les noix, et les figues séchées dans un sachet en papier brun.

La trattoria se remplissait d'étudiants, tous chargés de gros sacs ou de classeurs, et l'air froid entrait dans leur sillage. Dans la salle donnant sur la rue, ils déplaçaient les tables et interpellaient les groupes qui se pressaient dans l'entrée. « Par ici ! Gianni ! Y a une place ! » Tous commandaient de la *pasta* et la plupart d'entre eux du *cotechino* aux lentilles. C'était leur dernier repas du trimestre ensemble. « Paolo ! Trois *spaghetti al sugo* ! Paolo ! Il doit y avoir des tortellini, c'est jeudi ! Et de la *pasta corta* pour Silvia ! Paolo ! Reviens, c'est quatre spaghetti ! Quatre ! »

Et le gros garçon rebondissait, jovial, de table en table ; il leur lançait du pain et griffonnait sur son carnet, laissant échapper un petit sourire quand les filles tiraient sur son tablier ou lui sautaient dessus pour ébouriffer ses boucles et changer ses commandes aussi vite qu'il pouvait les noter.

Une ou deux vieilles personnes solitaires étaient assises à de petites tables dans les coins, de vieux messieurs du quartier coiffés d'un béret noir et mâchant lentement leurs spaghetti avec leurs gencives édentées. Un vieux clochard basané à la longue barbe trempait des morceaux de pain dans son grand bol de minestrone, à une table derrière la porte.

Il restait une place vide pour un convive, au fond de la salle, sous une aquarelle de la Piazza Santo Spirito. Aucun des étudiants ne songea à la prendre, mais le gros Paolo finit par coller la petite table au bout d'une grande, car la foule des étudiants affamés grossissait de minute en minute. Il tourna la chaise solitaire dans un haussement d'épaules, comme pour s'excuser, en regardant le capitaine, tandis que les quatre policiers traversaient la salle côté rue pour sortir.

Il y avait davantage de jeunes gens à l'extérieur, qui papotaient et roulaient dans la rue sur leurs bruyants vélomoteurs, pour ne pas avoir froid.

— Ça s'est vraiment rafraîchi, déclara le capitaine en relevant son col, avant de chercher une paire de gants dans sa poche.

Le filet de ciel qu'on apercevait entre les hautes bâtisses était noir et constellé de mille et une étoiles scintillantes. Un vent glacial leur coupa le souffle, alors qu'ils arrivaient à l'angle de la Via Maggio.

— La tramontane, indiqua le carabinier Bacci, en marchant à côté de Jeffreys. Demain, il fera beau.

Ils constatèrent que les deux magasins de Cesarini étaient encore éclairés, mais les autres étaient déjà en train de fermer, leurs rideaux métalliques à demi baissés et les derniers clients courbant l'échine pour sortir dans la rue. Les deux gardiens de la paix entamaient leur dernière ronde du soir et surveillaient la fermeture des commerces, s'arrêtant parfois pour bavarder devant certaines boutiques, frappant aux rideaux de celles qui prétendaient être fermées. Un homme bataillait pour arrimer un énorme arbre de Noël sur le toit de sa voiture. Le roulement familier des stores en métal incitait les gens à presser leur pas. C'était le bruit annonciateur de la fin de la journée et du dîner. Pour la première fois, les deux Anglais eurent le mal du pays. Ils achevèrent leur promenade en silence, et s'engouffrèrent sans souffler mot dans le porche chichement éclairé du numéro 58. On avait remercié le garde et tous les quatre passèrent dans la chambre à coucher, sans allumer. Ils fermèrent les volets extérieurs et intérieurs, dans l'espoir de se prémunir tant soit peu de la froidure, mais de la vapeur s'échappait de leurs lèvres, de même que les sièges qu'ils avaient apportés du salon se révélaient plus glacés que leurs mains.

Comme ils s'asseyaient pour attendre, la paume du capitaine se posa sur son Beretta.

L'adjudant était endormi dans sa chambre assombrie. Le brigadier remplaçant était parti, après avoir conduit la Land-Rover du poste sur la piazza et ramené une caisse d'eau minérale, une miche de pain et une poignée d'olives noires. L'adjudant n'avait pu avaler le moindre aliment, mais, dans son état fiévreux, il était content de cette provision d'eau. La caisse posée près de son lit lui donnait un sentiment de sécurité. Il n'avait pas eu besoin de la demander au brigadier qui, lui aussi, était sicilien. Le téléphone de bureau de l'adjudant était branché sur un service qui transférait ses appels à Bórgo Ognissanti, afin de ne pas le déranger dans son sommeil. Toutefois, il eut quelque peine à dormir, sa température monta. Il refit le même rêve où il tentait de rentrer chez lui, un songe où il luttait pour traverser une plaine sablonneuse et brûlante, qui oscillait et ondulait sous ses pas à lui en donner la nausée. Il savait qu'il essayait de rentrer au pays pour Noël. Parfois des trains passaient au loin, en empruntant son chemin, parfois ils passaient tout près, mais jamais assez pour qu'il puisse y monter. Ils étaient tous bondés, remplis de bagages jusqu'au plafond, grouillant de familles entières. Les gens tendaient par les fenêtres des bouteilles vides, comme ils le font toujours dans les trains en partance vers le Sud, et demandaient qu'on les leur remplisse d'eau. Quelquefois, l'adjudant sentait la présence de Cipolla, le petit agent d'entretien, qui luttait derrière lui, dans sa combinaison de coton noire, dont les manches étaient trop courtes. « Pourquoi devrait-il être avec moi ? s'interrogea l'adjudant. Où va-t-il ? », mais l'effort de réflexion parut si grand qu'il meurtrit sa tête en feu. « Je vais devoir lui demander quand même, songea-t-il, je ne peux pas me contenter de l'ignorer. » Mais lorsqu'il parvint enfin à ouvrir la bouche, si brûlante et sèche, ce fut la mauvaise question qui s'en échappa : « Où est votre balai-brosse ? » s'entendit-il prononcer d'un air stupide. « Et votre seau ? » Mais le petit homme ne semblait guère s'en soucier ; il répondit, comme s'il s'agissait de la bonne question : « Aux obsèques. » « Il ne m'a pas compris, songea alors l'adjudant. Il a répondu au hasard. Mais quelles obsèques ? Celles de sa femme ? Ou celles de l'Anglais ? » « Je ne peux pas vous accompagner, dit-il. Je dois rentrer au pays, c'est Noël. » Ils étaient tous les deux essoufflés, trébuchaient dans le sable chaud, ondulant. Pourquoi faisait-il une telle chaleur à Noël ?... La fièvre, c'était la fièvre...

De temps en temps, les yeux brillants de l'adjudant s'ouvraient brièvement et découvraient les murs pâles qu'on discernait à peine dans le noir, mais la pièce flottait et tanguait, d'une façon aussi écœurante que le sable. Il devait les refermer et reprendre son harassant voyage vers le Sud qui se poursuivit au plus profond de la longue nuit.

CHAPITRE IV

Il était minuit. Le son étouffé des cloches de San Felice pénétrait par les doubles volets de la chambre de l'Anglais. Aucun des quatre hommes n'avait souhaité s'asseoir sur son lit et tous adoptaient à présent une posture rigide, sur leurs sièges inconfortables, et attendaient en silence. Plus tôt dans la soirée, il y avait suffisamment de bruits à écouter en provenance de la cour, des couverts qui s'entrechoquaient, des tuyauteries qui gargouillaient, la musique familière des informations télé de huit heures, des rires, une petite dispute, encore des couverts. Ils avaient entendu la fillette potelée des Cipriani qui hurlait et chantait à tue-tête, et la voix de sa mère : « Giovanna ! Arrête ! Il est temps d'aller au lit ! Si je le dis à ton père !... » Puis encore de la musique à la télévision, des coups de fusil qui ricochaient dans la cour, des sabots qui caracolaient dans un bruit d'enfer, une trompette de cavalerie. Dans les passages plus paisibles du western, un vieux disque qui crépitait, où Gigli chantait Verdi, sans doute en provenance de l'appartement du juge. Plus tard parvinrent le claquement des volets que l'on ferme, d'autres gargouillis de canalisations, quelques commentaires lancés d'une pièce à l'autre, puis le silence.

Personne n'avait envie de parler ; ils étaient trop fatigués pour en faire l'effort, car cela signifiait traduire ou énoncer les choses de façon très simple, et le temps que l'éventuel orateur traduise mentalement ou simplifie en termes moins familiers tout commentaire destiné à tromper l'ennui, il n'en voyait déjà plus la nécessité. Aussi chacun s'abandonna à ses propres pensées dans la pénombre, et le sachet de figues et de mandarines demeura intact sur le lit.

« Mon Dieu, s'il vous plaît, faites que je ne m'endorme pas », pria le jeune Bacci, qui commençait à ressentir les effets du surmenage, et parfois : « Mon Dieu, je vous en prie, faites qu'on ne me tire pas dessus, à cause de ma mère. » Il tenta de réciter en pensée des passages du Code pénal, puis les consignes d'entretien de quelque char d'assaut. Peu de temps après Noël, il devait passer les examens préliminaires dans les matières à la fois juridiques et militaires. Mais il ne pouvait plus contrôler son esprit fatigué et vagabond, de même qu'il se voyait sans cesse recroquevillé à terre dans le noir, un tracé à la craie délimitant son corps, et sa mère... Et les trois autres qui semblaient si calmes et indifférents. La main du capitaine tenait toujours le Beretta posé sur son genou, mais son visage s'avérait plus impassible que jamais. « Il ne voudra surtout pas perdre la face devant eux, avait dit l'adjudant, car cela contrarierait à la fois ses supérieurs et lui-même. » Est-ce qu'il avait peur que toute cette opération se solde par un échec ? Impossible à savoir en regardant sa tête... et l'inspecteur principal anglais était assis avec un pied sur l'autre genou et la tête dans les épaules... on aurait dit qu'il regardait la télévision dans son propre salon. Le plus jeune avait simplement l'air las et semblait s'ennuyer un peu. Personne d'autre n'avait peur... pourtant ils paraissaient tous blêmes... ou était-ce la pénombre qui leur donnait à tous un teint parcheminé ? « Je vous en prie, mon Dieu, se remit à prier Bacci, en regardant la porte, ne nous faites pas attendre plus longtemps. » Et sa prière fut exaucée.

À une heure moins dix, un claquement sonore s'entendit dans le hall d'entrée. Depuis l'intérieur, quelqu'un avait appuyé sur le bouton électronique pour ouvrir les portes principales. Sans le vouloir, tous les quatre lancèrent un coup d'œil vers le haut. Ils n'avaient entendu aucun bruit de pas, l'homme devait porter des mules en feutre. Tout doucement, le capitaine libéra le cran de sécurité de son automatique et éteignit la lampe de chevet. Mais il s'écoula une seconde avant que la lumière ne soit coupée, durant laquelle il échangea un regard surpris avec l'inspecteur principal. Le regard signifiait : « Pourquoi si tôt ? » Il y avait le risque considérable que d'autres résidants ne soient pas encore rentrés. Ils savaient que c'était le cas du signor Cipriani. Mais ils n'avaient plus le temps d'en discuter ; à l'extérieur de l'appartement, on entendit de faibles bruits de pas traînants, puis une pause. Les quatre hommes se tenaient immobiles et tendaient l'oreille. Le carabinier Bacci avait oublié de prier. Pourquoi prendre un tel risque ? Ces individus n'allaient quand même pas se mettre à crocheter la serrure dans le couloir, devant l'ascenseur et l'escalier ? L'Anglais s'était déjà trouvé là pour les accueillir. Cesarini était-il descendu ? Pas en ascenseur, ils l'auraient entendu...

La porte de l'appartement s'ouvrit lentement, à l'aide d'une clé. La lumière suivit, passant sous la porte de la chambre, puis celle-ci s'ouvrit. Le capitaine appuya sur l'interrupteur de la lampe, son revolver braqué sur l'entrée de la pièce.

— Signor Cesarini, prononça-t-il d'une voix calme. Nous vous attendions.

Cesarini ne fit pas le moindre mouvement. Les deux silhouettes derrière lui restèrent comme paralysées pendant quelques secondes, puis elles virevoltèrent en glissant et se ruèrent sur la sortie. On entendit des cris de rage et les bruits d'une violente bagarre dans le hall d'entrée. Le carabinier Bacci se leva d'un bond, l'œil vif, tel un chien de chasse en arrêt. Au signe de tête du capitaine, il passa d'un trait devant le signor Cesarini et rejoignit la poursuite. Une moto de carabinier se trouvait sous le porche ouvert et la camionnette de l'épicier était stationnée dans la rue, avec une voiture de police devant elle. Ils n'avaient arrêté qu'un seul homme. L'épicier, déjà connu des services d'ordre et trop corpulent pour courir très vite, n'avait pas jugé utile de résister outre mesure, dès lors qu'il avait vu son véhicule encerclé, mais son jeune compagnon n'avait aucun casier et s'était enfui comme un fou ; il avait sauté par-dessus la moto et s'y était heurté le tibia en hurlant de douleur. Il se trouvait déjà à mi-parcours de la Via Maggio, avant que les motos ne puissent démarrer et faire demi-tour.

Petit et mince, le fuyard détalait comme un lièvre, la moitié du temps dissimulé par les vastes ombres qui longeaient les murs, esquivant les grandes arabesques en fer forgé, les barreaux de fenêtres courbes et les corniches baroques qui saillaient de chaque bâtisse et menaçaient de le heurter. Le carabinier l'avait pris en chasse, entravé par son lourd manteau, mais il le rattrapait, car le fugitif était à l'évidence ralenti par sa jambe. Bacci haletait bruyamment mais il entendit dans son dos une sirène se mettre en route et couvrir le bruit de son propre souffle, puis un gros rugissement soutenu et des coups de klaxon confus. Il s'agrippa à la grille d'une fenêtre pour s'arrêter et se retourner. Le rugissement continu s'approchait. L'énorme camion de nettoyage orange et blanc remontait peu à peu la Via Maggio, en bloquant toute la chaussée et en lançant de grands jets d'eau désinfectante alentour. L'une des motos avait tenté de monter sur le trottoir et son pilote était à présent trempé et momentanément aveuglé. La sirène de voiture s'était remise à hurler, mais si le camion de nettoyage s'arrêtait, il ne pourrait faire demi-tour et mettrait un temps interminable pour reculer en marche arrière.

« Il faut que je l'attrape... » se dit le carabinier Bacci, puis il fit volte-face et reprit sa course.

Le fuyard avait atteint le pont, mais boitait beaucoup. Le feu était au rouge et un bus attendait qu'il passe au vert. Quelques mètres plus loin, près de la statue de l'hiver, il y avait un arrêt de bus, et l'homme claudiquait pour le rejoindre, en regardant par-dessus son épaule.

— Non !... Ne le laissez pas monter !... hurla le carabinier Bacci en vain.

La rue semblait s'allonger, à mesure qu'il courait, et il comprit qu'il n'aurait pas dû s'arrêter pour regarder derrière lui.

— Oh ! mon Dieu... *non* !...

Mais l'autobus avait ralenti, ouvert ses portières arrière, et l'individu se trouvait à bord et traversait le pont. Bacci s'arrêta une nouvelle fois, puis se remit à courir, plus vite qu'auparavant. Le véhicule de police et les motards avaient pris un autre itinéraire et ne sauraient peut-être même pas que le fugitif avait grimpé dans un bus, et encore moins dans lequel. Il pouvait encore agir. Tandis qu'il traversait le pont à toute vitesse, le vent glacial des montagnes lui coupait le souffle et brûlait ses poumons. Il courait en direction des créneaux du Palazzo Ferroni, inondé de lumière, sur l'autre rive. Le bus avait continué tout droit, mais Bacci connaissait son trajet et savait comment le rattraper. Une fois de l'autre côté du fleuve, il obliqua soudain vers la droite, longea en courant le portique, se faufila dans le Lungarno toujours animé, parmi les grincements des freins et les klaxons des véhicules, puis disparut sous un ancien tunnel humide et froid, où ses pas résonnaient en sourdine.

Le chauffeur de bus sifflotait. C'était son dernier voyage avant de regagner le dépôt et il se sentait d'humeur joyeuse, mais il avait aussi hâte de rentrer chez lui. Lorsque le carabinier Bacci déboucha soudain d'une ruelle voisine et se rua sur le véhicule, la main en l'air, le chauffeur accéléra juste un peu plus.

— Vous voyez ? dit-il à son seul passager, debout derrière lui. Les flics ! Ils s'imaginent qu'on peut s'arrêter n'importe où pour eux, je suppose, mais pas moi. Il peut aller à un arrêt de bus comme tout le monde.

Et le conducteur continua de siffler.

Le passager ne répondit pas. La carcasse vide du bus orange vivement éclairé rebondissait sur ses amortisseurs, tandis qu'ils prenaient de la vitesse, et le composteur tremblait dans un bruit de ferraille, comme s'il allait se détacher de son montant.

— Y a des flics partout ce soir, marmonna le chauffeur, en voyant la lumière qui tournoyait au loin, derrière lui.

Ils continuèrent cahin-caha dans une rue commerçante déserte, entre de grandes gerbes de lumières de Noël, avant de prendre la direction de la cathédrale, en oscillant sur la droite, près du baptistère. Des gens s'étaient massés pour attendre le dernier bus. Un barbu sortit de l'attroupement et agita la main.

— Ne vous arrêtez pas, déclara tranquillement le passager dans son dos.

— Faut que je m'arrête ici, même pour un flic, c'est mon trajet...

— Ne vous arrêtez pas ! hurla le passager, saisi de panique.

Et le conducteur sentit de l'acier dans son dos.

— Dieu du Ciel...

— Appuyez sur l'accélérateur ou je tire.

Visage livide, le chauffeur baissa le pied et le groupe qui attendait s'écarta de son chemin juste à temps. Les gens coururent après le bus pendant quelques mètres et le barbu arracha sa casquette pour la remuer d'un air menaçant, en aboyant des insultes inaudibles, jusqu'à ce qu'ils l'abandonnent loin derrière eux.

Le chauffeur terrifié se cramponnait au volant avec des mains si moites qu'il menaçait de leur échapper. Sa jambe tremblait sur l'accélérateur, alors qu'il essayait de ne pas lever le pied, et son esprit paralysé faisait des tentatives désespérées afin de se remémorer les instructions reçues pour des cas d'urgence comme celui-ci.

« Ouvrir les portières... ouvrir les portières... ouvrir... » ; mais c'était pour laisser descendre un voleur dangereux, pour ne pas prendre de risque pour les passagers. Celui-ci n'était peut-être pas un voleur, et il n'y avait aucun autre passager, de toute façon. Et s'il s'agissait d'un terroriste ?...

« Jésus, Marie, Joseph, je ne veux pas être assassiné... les enfants... et puis c'est Noël... Je vais être en retard à la maison... oh, ne le laissez pas faire... »

Son dos était en sueur. Ses yeux se fixèrent sur la photo souriante de Jean XXIII, collée sur la vitre, avec deux fleurs en plastique, son plus proche interlocuteur pour la prière. La voiture de police qu'il avait aperçue derrière lui avait disparu. Puis il la vit devant eux, qui barrait la route.

— Tournez ! ordonna le passager.

— Je ne peux pas ! Je ne peux pas tourner, je vais...

— Tournez ! répéta l'autre en lui enfonçant l'acier dans le dos.

Le chauffeur obliqua à droite, en rebondissant sur le trottoir. Des lumières clignotantes suspendues éclairaient la petite rue tantôt en rouge, tantôt en blanc, en souhaitant « Joyeux Noël », tandis que des bleues et vertes proclamaient : « Bonnes fêtes ». Joyeux Noël... Bonnes fêtes... Joyeux Noël... Bonnes fêtes... Un arbre vert éclatant... une fleur... une étoile... puis l'obscurité.

Le conducteur ferma les paupières.

L'adjudant entendit les sirènes, qui se mêlèrent à ses songes fiévreux. Il trébuchait. La plaine sablonneuse ne cessait de monter pour rejoindre son visage, puis dégringolait sous ses pieds, dans un brusque mouvement à lui flanquer la nausée. Mais il était plus calme à présent, dès lors qu'il avait pris conscience que c'était une épreuve à endurer, qu'il devait périodiquement se rendre à la salle de bains pour vomir, puis reprendre son voyage étouffant et épuisant. Le petit homme de ménage se trouvait toujours à ses côtés, ce qui le fatiguait d'autant plus. Il avait assez à faire pour tenir la route, sans se soucier en plus du chagrin de son compagnon, de ses yeux patients, cernés de noir, qui l'imploraient sans cesse, bien qu'il ne se tournât jamais vers eux. Parfois ils étaient seuls, parfois des diables armés de fourches venaient les éperonner avec malice, non pas pour les faire avancer plus vite, mais uniquement pour les tourmenter. Ils aiguillonnaient l'adjudant surtout dans le dos et il en souffrait le martyre. Il faisait encore plus chaud. Si ça continuait, ils allaient mourir. Grâce à Dieu, il y avait la caisse de bouteilles d'eau sous le lit... et voilà que les sirènes se mettaient à hurler, qu'est-ce que cela signifiait ?... Il avait déjà compris ce qui était en train de lui arriver, mais avait à nouveau oublié, maintenant. Cela avait un rapport avec des obsèques... ou rentrer au pays... mais à quel moment les sirènes étaient-elles intervenues ? Il en avait perdu le fil... si seulement il pouvait s'arrêter une minute et y réfléchir. Mais ça lui était impossible, comprit-il, parce que c'était le sol qui remuait, et non pas lui.

— Que tout cesse de bouger ! lança-t-il dans la nuit.

Mais rien ne s'immobilisa et les démons s'en donnaient à cœur joie pour l'asticoter, tandis que le paysage filait sous ses yeux.

— Qu'est-ce que c'est ? demanda l'adjudant, en abandonnant toute tentative de se raisonner. Qu'est-ce qui se passe ? Pourquoi je ne peux pas m'arrêter ?

— Est-ce que vous ne le saviez pas ? répliqua le petit homme d'entretien, bien qu'il ne soit plus là. C'est la fin du monde...

Soudain, l'adjudant ne put en supporter davantage.

— Non ! hurla-t-il. Non ! Ce n'est pas la fin du monde. Je n'y crois pas. Je savais bien ce qui clochait chez moi, même si j'ai oublié, à présent, mais ce n'est pas la fin du monde, et qui plus est, j'en ai marre de tout ça ; j'en ai marre et ça me lasse, nuit après nuit... et vous ! (il désigna les créatures souriant à belles dents autour de lui) vous pouvez ficher le camp ! *Fichez le camp de cette chambre !* Vous tous ! Et ne revenez plus ! Je ne peux plus en supporter davantage et je ne vois pourquoi ça changerait... *alors, partez* !

Il criait à s'en briser la voix, mais ils s'en allaient.

— Bien. Maintenant, nous allons voir si c'est la fin du monde ou non. Dans un instant, je vais me réveiller comme il faut et boire un verre d'eau. La fin du monde ! N'importe quoi !

Il ouvrit les paupières, se redressa, et se versa un verre d'eau. Il le but lentement, se régalant de sa délicieuse fraîcheur. Puis il sortit du lit, avec une impression de paix et de légèreté. Son pyjama trempé de sueur lui collait à la peau. Il se lava et en enfila un propre. Il se sentit plus à l'aise qu'il ne se souvenait de l'avoir jamais été de toute sa vie.

« Des draps propres », se dit-il et il refit son lit avec peine. Un sourire de félicité éclairait son visage, lorsqu'il se glissa entre les draps frais, avec une impression de confort qui confinait à la béatitude. Sans se départir de son sourire, il sombra tout doucement dans un sommeil paisible et salutaire.

Le carabinier Bacci courait toujours. Comme il connaissait le trajet du bus, il emprunta un autre raccourci dont il avait le secret, car son premier échec ne l'effrayait pas, et il déboucha sur la Piazza Santissima Annunziata, en haletant de plus belle, pour guetter l'arrivée de l'autobus. Il mit quelques instants à comprendre que si le bus était en chemin, il aurait dû l'entendre. Sur la place, tout était fermé et silencieux, l'église se découpait sur le ciel étoilé, et la seule silhouette n'était autre que l'immobile statue équestre érigée au centre. Il percevait sa propre respiration laborieuse et ses violents battements de cœur. Puis il entendit une sirène. Elle était derrière lui et son hurlement baissait. Il était allé trop loin. On avait dû stopper le bus un peu plus bas, peut-être non loin de la cathédrale. Il se mit à courir en remontant la Via de' Servi, le grand monticule de marbre dansait de haut en bas sous ses yeux épuisés. Il finit par arriver à une barrière qui barrait l'accès à une ruelle transversale et perçut du vacarme, hors de son champ de vision. Il erra dans les rues avoisinantes, jusqu'à ce qu'il découvre l'avant du bus, au bout d'une étroite venelle, puis la lumière bleue tournoyante d'une dépanneuse stationnée derrière. Il rejoignit l'autobus d'un pas lent. Celui-ci était coincé entre les murs de pierre de la ruelle et ses flancs étaient défoncés.

— Vos camarades sont tous partis, lui annonça brièvement un dépanneur, lorsqu'il finit par le voir.

Puis il se mit à crier des ordres à quelque collègue invisible. Toutes les lumières du bus étaient éteintes.

Celles de Noël étaient aussi coupées, à présent, et les rues paraissaient plus sombres qu'à l'ordinaire. Qu'allait dire le capitaine, lorsque Bacci retournerait Via Maggio ? Il se souvenait encore du visage de son supérieur, après l'épisode avec Miss White. Et les deux Anglais... il pouvait déjà sentir le regard froid du plus vieux, en train de le détailler des pieds à la tête, sans le moindre commentaire. Le jeune se révélait plus *simpatico*... mais il ne s'était pas mis à pourchasser les fuyards, tel un gosse qui joue aux gendarmes et aux voleurs.

Il lui fallut près d'une heure pour rejoindre la Via Maggio. Lorsqu'il parvint au numéro 58, quelqu'un en sortait et refermait la porte principale. Le carabinier Bacci accéléra ses derniers pas. Puis il entendit le bruissement de la radio qui s'alluma et s'éteignit. Le vigile.

— Le capitaine est-il encore là ? lui demanda Bacci, avec toute la dignité qu'il pouvait rassembler.

— Quel capitaine ?

— Le capitaine des carabiniers qui se trouvait là avec deux inspecteurs anglais, dans l'appartement du rez-de-chaussée !

— Pas que je sache. Y a un brigadier, là, devant la porte, comme d'habitude, c'est tout. Personne à l'intérieur.

— Est-ce qu'ils ont procédé à une arrestation ?

— Une arrestation ?

— Oui, une arrestation ! Ne savez-vous pas qu'il s'est déroulé une importante opération ici, ce soir ?

— Non. Je ne sais rien de tout ça. C'était aussi calme qu'un cimetière, la dernière fois que je suis passé, et ça n'a pas changé depuis. Voulez-vous entrer ? Je dois reprendre ma ronde.

— Non, répondit le carabinier Bacci, je n'ai pas lieu de le faire si...

— Alors j'y vais.

Son interlocuteur claqua la porte et reprit son chemin, sous les crépitements de sa radio, puis s'engouffra dans l'immeuble suivant.

Bacci nota alors qu'il y avait de la lumière dans la banque, une lumière qui brillait toujours, il se le rappelait maintenant, aussi n'était-il donc pas fautif d'avoir omis de remarquer les agents d'entretien à l'intérieur, ce fameux premier matin. Il n'avait pas pu le deviner, sans les avoir vus en fait. Cela, au moins, ce n'était pas sa faute. Lentement, il traversa la piazza, avec ses rideaux de métal baissés sur les boutiques, et reprit la route de la *stazione* Pitti. Ses pas harassés remontèrent lourdement l'avant-cour en pente et résonnèrent sous le passage voûté en pierre. Il entra dans le bureau et se laissa choir dans le fauteuil de l'adjudant, sans quitter son chapeau, son manteau et ses gants.

Consciencieux jusqu'au bout, il prit une feuille de papier ligné et portant le cachet de l'État, puis commença à rédiger son rapport. À quatre heures moins le quart, il comprit qu'il ne pouvait poursuivre sans se reposer et s'affala sur le lit de camp. Il se souvint qu'il portait son chapeau et ses gants, alors il les enleva, puis jeta le tout sur le siège. Quelqu'un avait retiré la couverture du lit, aussi il s'empara de son manteau pour se couvrir. Il s'endormit aussitôt et le rapport demeura inachevé sur le bureau. Un peu plus tard, l'un de ses gants blancs souillés glissa à terre.

CHAPITRE V

— Qu'avez-vous fait de l'arme ?

— Quelle arme ?

Cesarini ricanait. Il avait un air vaguement racorni et, bien qu'il ne fût pas si vieux, ses cheveux et sa petite moustache étaient blancs. Ses vêtements provenaient des boutiques les plus en vogue et les plus chères de Florence, mais encore fallait-il deviner leurs étiquettes discrètes et néanmoins visibles. Sa physionomie n'était pas sans évoquer celle d'un bateleur, que ne pouvaient dissiper la soie peinte à la main comme le cuir souple et onéreux. Il se montrait aussi calme qu'au début, quand ils l'avaient emmené au poste principal, un peu avant deux heures du matin, et le soleil s'était levé à présent, au bas des fenêtres du bureau du capitaine, réchauffant les dalles brillantes. Ce dernier était épuisé, avait mal aux yeux, et son visage accusait l'ombre d'une barbe, mais pas question pour lui de céder, surtout pas devant les deux Anglais, assis légèrement en retrait, le dos courbé dans leurs fauteuils. Jeffreys présentait lui aussi un teint pâle et un regard trouble.

Le capitaine répéta d'une voix monocorde :

— Qu'avez-vous fait du revolver ?

Ils avaient fouillé l'appartement de l'homme dès

qu'il avait fait jour et ils inspectaient maintenant ses magasins.

— Vous ne m'avez pas encore dit de quel revolver il s'agissait.

— Le vôtre. Je suppose que vous en avez un ?

— Oui.

— Où est-il ?

— Dans la boutique, la plus grande. Vos hommes le trouveront, s'ils connaissent leur travail.

— C'est le cas.

— Eh bien, alors ?

— Je présume que vous avez un permis ?

— C'est exact.

— À quelle heure avez-vous rendu visite à l'Anglais mardi soir ?

— Je n'y suis pas allé.

— Entendu, alors, au petit matin du mercredi.

— Non plus.

— Qu'aviez-vous l'intention de faire, hier soir ?

— Je vous l'ai dit. J'inspectais mon bien. J'ai tous les droits de jeter un coup d'œil sur ce que je possède. Vous aviez congédié votre garde et j'avais entendu dire que l'affaire était close, alors pourquoi ne l'aurais-je pas fait ? Je lui louais un appartement et ça ne fait pas de moi un assassin.

Ils s'en voulaient tous de ne pas y avoir songé, et l'inspecteur Jeffreys plus que quiconque, lui qui avait eu l'intention de relever la remarque de Miss White : « Le signor Cesarini, ma foi, il est venu quelquefois, naturellement... » Ce « naturellement » l'avait aussitôt frappé. Pourquoi se serait-il intéressé à son petit musée à elle ? Mais l'inspecteur avait hâte d'en venir à Langley-Smythe, d'éviter à Miss White de s'égarer autant dans son récit... il aurait mieux fait d'avaler tant soit peu la pilule et de rester patient. Cesarini passait dans tous les appartements, parce qu'il était le propriétaire... tous, sauf celui de Cipriani, lequel s'avérait une possession familiale depuis des générations. Cesarini les avait rachetés au fil des années, alors qu'ils contenaient des locataires. Bien sûr, lorsqu'on interrogeait les résidants sur les visiteurs de Langley-Smythe, personne ne songeait à citer Cesarini. Ce n'était pas un visiteur. Le capitaine avait même téléphoné au signor Cipriani, dès que l'heure fut raisonnable, et demandé si, par hasard, il avait jamais vu Cesarini pénétrer dans l'appartement de Langley-Smythe, ou vice versa.

— Oui, assez souvent, je suppose, mais c'est naturel, puisqu'il est...

— Oui. Merci, nous sommes au courant, à présent...

C'était tout naturel.

Le capitaine était maintenant aussi irrité qu'épuisé.

— Quelles étaient vos relations professionnelles ?

— Qu'est-ce qui vous fait croire que nous en avions ?

— Vous vendez beaucoup de meubles importés.

— Et alors ? Vos hommes ont vu mes livres de comptes, si j'ai bonne souvenance.

— Et rien trouvé d'illégal. La police financière les consulte à présent.

— Et elle conclura à l'identique : rien d'illégal.

— Mais beaucoup de choses intéressantes demeurent. Et les empreintes de vos deux amis d'hier soir se trouvent sur tous les meubles de la pièce de l'Anglais.

— Je ne vois pas en quoi j'en serais responsable.

— Pourquoi étaient-ils avec vous hier soir, si vous ne faisiez que jeter un coup d'œil à votre bien immobilier ?

Cesarini haussa les épaules.

— Vous refusez de répondre ?

— Pourquoi le devrais-je ? Suis-je en état d'arrestation ?

— Pas encore.

C'était déjà cela. Le capitaine avait attendu Cesarini la veille au soir, avec la ferme intention de procéder à une arrestation *in flagrante delitto*, et seule la clé, heureusement, l'avait fait hésiter.

Cesarini haussa encore les épaules.

— Ce sont des amis à moi.

— Vraiment ? Leurs empreintes pourraient signifier qu'ils seront accusés de meurtre.

Autre haussement d'épaules.

— Vous n'avez pas trop l'air de vous soucier de vos « amis ».

Cesarini lança un regard par la fenêtre, comme par lassitude.

L'inspecteur principal avait allumé sa pipe et la mâchouillait, l'air concentré, en lorgnant parfois Jeffreys, dans l'espoir d'un soupçon de traduction, mais il réfléchissait surtout. Cette lutte était la même, quelle que soit la langue, la montée et la chute de la tension, l'établissement progressif d'une intimité singulière entre l'interrogateur et l'interrogé qui, la plupart du temps, s'achevait par une confession, si le coupable était tout autre qu'un tueur professionnel. L'inspecteur principal sentit que la situation n'avait pas évolué comme elle l'aurait dû.

— Ça ne vous ennuie pas si je fume moi aussi, comme s'il s'agissait d'une simple visite de courtoisie ? s'enquit Cesarini d'un air arrogant.

Des volutes de fumée bleue, dans le coin de l'inspecteur principal, tournoyaient dans le rai de lumière qui frappait maintenant le bureau du capitaine.

— Mais faites, je vous en prie. Si vous avez des cigarettes.

— Dites donc, je pensais que vous étiez censés être

les flics les plus civilisés d'Italie ! répliqua le commerçant, l'œil sur l'étui à cigarettes sculpté, sur le bureau.

— Mais nous le sommes, dit le capitaine posément et sans sourciller. Sinon vous seriez en bien plus fâcheuse posture et moins sûr de vous que vous ne l'êtes en ce moment.

— Êtes-vous en train de me menacer ?

Le visage du marchand s'empourpra. C'était sa première réaction depuis qu'ils s'expliquaient avec lui.

— Pas du tout, je ne fais qu'observer un fait. Combien le payiez-vous ? Un pourcentage sur chaque transaction ?

— Quelles transactions ?

Cesarini fouilla sa poche, en quête de cigarettes et d'un briquet. Juste au moment où il allait en mettre une dans sa bouche, le capitaine déclara :

— Quel loyer vous versait-il ?

Le commerçant suspendit son geste, éloigna lentement la cigarette, regarda le sol, puis la porta de nouveau à ses lèvres, avant d'actionner le briquet.

— Qui cela ? demanda-t-il enfin, en inspirant profondément.

— Vous savez qui.

— J'ai beaucoup de locataires.

— L'Anglais.

— Ce n'était pas énorme.

— Combien ?

— J'ignore le montant, je ne peux pas vous le dire à brûle-pourpoint. Pourquoi le devrais-je ?

— Pour toutes sortes de raisons. Personne ne loue un appartement sans connaître le montant du loyer.

— Peut-être suis-je incompétent en la matière ?

— Peut-être. Les gens qui ont vérifié votre comptabilité ne semblent pas de cet avis. Ils vous ont jugé d'une compétence remarquable ; livres tenus à merveille, copies de certificats d'import et d'export, une facture pour chaque vente. D'une compétence remarquable.

— Merci.

— À combien s'élevait le loyer ?

— Si vous le savez, pourquoi perdre du temps à le demander ?

— Qu'est-ce qui vous porte à croire que je le sais ?

— Si vous ne le saviez pas, vous ne jugeriez pas utile d'enquêter sur le sujet. Me prenez-vous pour un imbécile ?

« Oui, songea le capitaine, vous l'êtes. Parce que je ne savais pas. Je le supposais. »

Il reprit à haute voix :

— Il ne payait pas de loyer, n'est-ce pas ?

Cesarini s'adossa de nouveau à son siège et souffla la fumée au plafond sans répondre, mais son visage était sombre, son attitude nonchalante ne convainquait guère.

— Est-ce ainsi que cela a commencé ? Vous lui avez proposé un appartement gratuit ?

— Pour quelle autre raison quiconque aimerait-il vivre au rez-de-chaussée et dans un trou pareil ? répliqua-t-il d'un air de dégoût.

— Vous n'avez pas l'air de l'avoir apprécié.

— Pourquoi le devrais-je ?

— C'est un peu inhabituel d'offrir à quelqu'un un appartement gratuit, si vous le détestez, même au rez-de-chaussée. Qu'aviez-vous donc contre lui ?

— C'était un avare. Je n'ai pas dit que je le détestais, mais je devais le mépriser, je suppose.

— Or vous lui avez offert l'appartement, bien que vous le méprisiez et le jugiez avare.

— Et alors ? C'est une opinion personnelle. Je ne laisse pas mes opinions personnelles s'immiscer dans...

— Dans les affaires, signor Cesarini ?

— Je souhaite la présence de mon avocat ; vous êtes en train de déformer à dessein tout ce que je dis, vous essayez de me faire trébucher. Je veux téléphoner à mon avocat !

— Votre avocat serait-il par hasard maître Romanelli ?

— Comment le savez-vous ?

Il était sur ses gardes, maintenant, tout en affectant une confiance narquoise.

— Je me suis juste dit qu'il pourrait l'être. Il se trouve qu'il était aussi celui de l'Anglais. Un homme intéressant. J'espère avoir d'autres conversations avec lui. Toutefois, vous n'avez pas réellement besoin d'un avocat, pour l'instant. Après tout, vous n'êtes pas en état d'arrestation, si vous vous souvenez bien.

— Alors, vous ne pouvez pas me garder ici.

— Je peux obtenir un mandat pour vous arrêter quand bon me semble ; entre-temps, mes hommes vont se mettre à la recherche de ce revolver.

Le visage de Cesarini se détendit visiblement.

— Ça n'a pas l'air de vous inquiéter.

— Je vous ai déjà dit que je possédais une arme et un permis, et qu'elle est dans le magasin. Vos hommes la trouveront, et grand bien leur fasse. Vous découvrirez qu'elle n'a pas servi depuis des années.

— Alors pourquoi la garder ?

— Pourquoi pas ? Je vends certaines marchandises de valeur. On pourrait très bien cambrioler un commerce comme le mien, et les cambrioleurs ont l'habitude, dans cette ville, de débarquer en pleine journée, arme au poing, puisqu'ils ne peuvent pénétrer dans les immeubles la nuit, comme vous l'avez remarqué, j'en suis sûr.

— Quelqu'un semble s'être introduit dans un certain immeuble de la Via Maggio, à moins qu'il ne se soit déjà trouvé à l'intérieur. Et peut-être que l'Anglais avait un revolver, éventuellement un 6.35.

— Possible.

— Et vos deux amis ?

— Quoi ?

— Portaient-ils des armes ?

— Vous les avez appréhendés, non ? Demandez-leur.

— Je le ferai. Ils n'étaient pas armés, quand nous les avons amenés ici, mais je vous pose simplement la question à vous maintenant. Est-ce qu'ils ont des armes sur eux ?

— Non.

— Jamais ?

— Pas que je sache.

— Revenons-en au mobilier. L'un de vos locataires a souvent vu vos amis entrer et sortir de l'appartement de l'Anglais, en transportant des meubles.

Pas de réponse.

— Ça paraît un peu excentrique de sa part, d'avoir voulu changer ses meubles, ses tableaux et ses sculptures tous les mois.

— Les Anglais sont excentriques, dit-on.

— Certes. Nous avons parmi nous deux Anglais, mais j'ai le sentiment qu'ils pensent eux aussi que c'était original de sa part, alors peut-être que tous les Anglais ne sont pas excentriques.

Le commerçant ne tourna pas la tête mais il sentit à l'évidence les yeux de l'inspecteur principal dans son dos.

Le téléphone sonna :

— L'adjudant Guarnaccia, à Pitti, pour vous, monsieur.

— Passez-le-moi. Bonjour, adjudant. Comment allez-vous ? Vous en êtes sûr ? Je vois. Eh bien, si vous pensez devoir y aller... vous avez mon homme là-bas ? Oui, certainement. Je ne suis pas certain, mais gardez le contact, voulez-vous ? Ah oui, en effet... Je l'avais oublié, pour ne rien vous cacher. Vous feriez mieux de le laisser se reposer un peu, car nous n'avons pas vraiment besoin d'un interprète, à ce stade, et vous avez mon brigadier sur place... oh, remarquez, s'il a eu le temps de prendre du repos, vous pourriez peut-être le réveiller et l'envoyer Via Maggio. Nous manquons cruellement de personnel et le gars que j'ai laissé là-bas hier soir n'a toujours pas été remplacé. Le garçon ne devrait pas risquer grand-chose à rester posté devant l'appartement ; j'enverrai quelqu'un d'autre dès que possible... Nul doute qu'il l'est... Ce sera une bonne chose qu'il reprenne les cours, même si je dois reconnaître que son anglais m'a été d'une aide précieuse. Dites-lui de tâcher de ne pas s'attirer des ennuis dans les deux heures qui suivent. Et ménagez-vous vous-même... J'aimerais bien bavarder plus tard avec vous, si vous vous sentez en forme... Oui... À plus tard, alors...

Il y eut quelques instants de silence, après que le capitaine eut raccroché le combiné. Il regardait ses propres mains sur le bureau. Elles étaient encore bronzées, après le long été, songea-t-il. L'incongruité de cette pensée le surprit ; il était trop fatigué pour interroger cet homme. Ils n'aboutissaient nulle part, et il serait pourtant malavisé de le laisser s'en aller, en sachant cela. Le seul espoir consistait à l'inquiéter au moins un peu, pour qu'il n'ait pas l'esprit tranquille pendant qu'il attendrait quelques heures dans les parages. Mais comment agir ? L'individu croyait dur comme fer qu'on ne pouvait rien prouver contre lui en ce qui concernait son commerce, et il avait sans doute raison. Tout s'était si bien passé pendant des années... Mais alors pourquoi ?...

— À quel sujet vous êtes-vous disputés ?

— Disputés ? Avec qui suis-je censé m'être disputé ?

— Qui avait le contact avec les douanes, vous ou lui ?

— Quel contact ?

— Avez-vous trouvé un remplaçant pour tenir le rôle de l'Anglais ? Quel que soit ce qui a mal tourné, il ne s'y attendait pas.

— Rien n'a mal tourné.

— Vous admettez donc que vous traitiez avec lui ?

— Je n'admets rien. Et rien n'a mal tourné dans quelque domaine que ce soit.

— Il vous a fait entrer et vous a tourné le dos.

— Je n'étais pas chez lui cette nuit-là et vous ne prouverez jamais que je m'y trouvais.

— En définitive, il se peut que ce soit à vous de prouver que vous n'y étiez pas. Vous étiez son seul contact.

— Un voleur s'est donc introduit par effraction.

— Personne ne s'est introduit par effraction. Vous l'avez dit vous-même, personne ne pourrait le faire dans un immeuble pareil. Et personne ne laisse entrer un étranger à cette heure-là.

— Ce n'est pas mon problème. Je n'y étais pas.

— Je vous répète, signor Cesarini, qu'il peut très bien s'avérer que cela devienne votre problème. Il y avait au moins une pièce volée dans cet appartement.

— Ça ne me regarde pas, c'était son appartement.

— Mais non. Vous l'avez affirmé vous-même. Il n'acquittait aucun loyer, n'avait aucune quittance, aucun bail. Le logement vous appartient, et il s'y trouvait en qualité d'associé et non de locataire.

Les yeux de Cesarini glissèrent vers la fenêtre, comme pour chercher un moyen de fuir. Le téléphone sonna une nouvelle fois.

— Le procureur, pour vous, monsieur.

— Passez-le-moi.

Le capitaine tendit la main et appuya sur la sonnerie de son bureau.

— Bonjour, monsieur le procureur... lui-même. Oui, en effet... pourriez-vous ne pas quitter un instant, j'ai ici une personne qui s'en va à présent.

Un brigadier entra, appelé par la sonnerie.

— Brigadier, accompagnez ce monsieur dans une salle d'attente, voulez-vous, et faites-lui apporter un petit déjeuner.

— Vous ne pouvez pas me garder ici !

— Bon appétit, signor Cesarini.

Il attendit que la porte se referme.

— Monsieur le procureur, je vous prie de m'excuser... Eh bien, naturellement, mais je n'ai pas eu le temps depuis que vous avez délivré le mandat de perquisition pour... La presse... je vois. Non, en toute honnêteté, je n'ai pas vu ce qu'ils ont publié hier et ce matin non plus, en ce qui concerne... Oui, je m'en rends bien compte, c'est juste que j'essaye d'éviter tout scandale inutile au sujet de l'Anglais... Ma foi, oui, il y a... Non, rien de la sorte, tout est dans mon rapport. J'ai bien peur que non, nous le cherchons encore... si vous pouviez éventuellement les encourager à se concentrer sur l'épisode du bus, qui mérite davantage une couverture médiatique, de leur point de vue, en tout cas. Je vois... Eh bien, il serait préoccupé, bien sûr, mais... si vous pensez que cela pourrait aider... Non, pas du tout ; bien sûr, vous n'iriez pas vous interposer, loin de moi l'idée que... Oui, monsieur le procureur, je vais m'en occuper sur-le-champ. Pas du tout, votre conseil est toujours le bienvenu... À trois heures, alors...

Après avoir raccroché, le capitaine ferma les paupières un instant et poussa un soupir quasi audible. Il regarda ensuite les deux Anglais. Jeffreys était si épuisé — surtout après avoir fait l'effort de suivre l'interrogatoire —, qu'il éprouvait quelque difficulté à se rappeler où il était. Il ne cessait de réprimer des bâillements, de se passer la main sur ses yeux irrités et dans ses boucles en désordre. N'accusant aucun signe de fatigue, l'inspecteur principal mâchonnait sa pipe et fixait le capitaine. Il donnait l'impression de pouvoir veiller indéfiniment sans dormir, s'il y était contraint, ou pensait devoir le faire.

— C'est pas bon, dit-il en ôtant la pipe de sa bouche, dans un froncement de sourcils interrogateur.

— C'est pas bon, admit le capitaine, qui avait compris.

Il esquissa un sourire piteux.

— Réveillez-vous, Jeffreys, reprit l'inspecteur principal en lui flanquant un coup de coude. Je veux parler au capitaine.

Mais ils n'avaient guère besoin des efforts nébuleux de Jeffreys pour se comprendre. L'interrogatoire s'était mal déroulé, et ils le savaient tous deux et, pis encore, ils savaient pourquoi. L'homme était de toute évidence coupable en ce qui concernait l'affaire des antiquités, mais n'avait aucune crainte quant à celle du meurtre.

— Savez-vous ce qui m'a frappé ? déclara l'inspecteur principal, pensif. C'est que, non seulement, il n'était pas effrayé, mais bel et bien irrité. Irrité que vous l'ayez surpris dans l'appartement, irrité que ce commerce soit interrompu, et même que l'Anglais se soit fait tuer. Et pourtant, s'il n'a pas fait le coup... vous ne soupçonnez pas ses deux amis ?

Le capitaine secoua la tête.

— Pas le moins du monde. Nous connaissons assez bien Mazzochio, et l'autre est son neveu, un apprenti plombier.... Je crois que menacer un chauffeur de bus avec un bout de tuyau pour voyager gratis, c'est à peu près sa limite ; et il ne va pas réitérer de sitôt, quand nous en aurons fini avec lui. Ni l'un ni l'autre ne cadrent avec l'image du tueur à gages, pas avec leurs empreintes dans tout l'appartement et un 6.35.

— Ce qui ne nous laisse personne d'autre.

— Exact. Signor Personne. À présent, si vous voulez bien m'excuser, je dois passer un coup de fil. Le procureur a suggéré que nous draguions le fleuve au pont de Santa Trinita, à l'endroit le plus proche de celui où l'assassin en fuite aurait pu se débarrasser de l'arme.

Il prononça la phrase d'un ton neutre, mais l'ironie de son propos transparut néanmoins. Du reste, Jeffreys ne cacha pas sa consternation :

— Croit-il vraiment que vous allez la retrouver ?

— J'en doute fort, mais le maire est bouleversé, alors mieux vaut qu'on nous voie en train de faire quelque chose.

— Le maire ?

Jeffreys n'était pas certain d'avoir saisi.

— Oui, le maire. Il donne une réception chaque année pour tous les étrangers de la ville. Elle a lieu ce soir. La plupart d'entre eux sont anglais. Le maire est embarrassé.

— Mais l'Anglais... commença Jeffreys en essayant tant bien que mal de formuler une phrase en italien. Ils n'ont pas... il n'avait pas d'amis, n'était pas aimé...

— Peu importe. Le maire est dans l'embarras et nous allons draguer le fleuve. Mais vous avez besoin de dormir un peu. Il n'est absolument pas nécessaire que vous veniez, c'est inutile...

En un sens, le capitaine n'était pas mécontent d'y aller. Il ne savait pas trop quoi faire d'autre.

Le visage de Jeffreys s'était éclairci à l'idée d'un lit, mais lorsqu'il en fit la suggestion à son chef, ce fut sans effet.

— Non, non, non ! Nous ne manquerions ça pour rien au monde, n'est-ce pas, Jeffreys ? Nous aimons voir comment vous vous y prenez et tout ça. En outre, on ne sait jamais, vous pourriez peut-être trouver cette fichue arme ! Non, nous pouvons dormir à n'importe quelle heure, nous vous accompagnons.

Et, d'un geste enthousiaste, il fourra sa pipe dans la poche.

« D'accord, songea Jeffreys, désespéré. C'est un bon flic. Et moi, j'aimerais être au lit. »

— Nous venons avec vous, merci, déclara-t-il au capitaine dans un piètre sourire.

Lorsque le capitaine eut passé ses appels et que les trois hommes furent prêts à partir, le téléphone sonna une fois encore. Après avoir lorgné l'appareil d'un air perplexe, froncé les sourcils en écoutant, puis essayé en vain d'interrompre son interlocuteur à une ou deux reprises, il tendit soudain le combiné à l'inspecteur principal :

— Je me demande si ce n'est pas pour vous.

En effet.

— Felicity s'inquiétait à votre sujet, alors j'ai dit que j'appellerais... j'ai mis longtemps à vous retrouver, je dois dire, mais je suppose qu'il s'agit d'un immeuble assez grand. Bien sûr, nous vous croyions au lit, et nous avons mis du temps à comprendre, car nous avions peur de vous déranger. Comme nous ne vous avions pas entendus rentrer, vous voyez, nous avons pensé que vous aviez eu une dure soirée et que vous étiez couchés. Nous avons bien pensé vous apporter une bonne tasse de thé, mais vous n'étiez pas là, alors Felicity s'est fait du souci... non... *non*, pas du tout ! Bien sûr, j'ai le sommeil lourd, ma foi, nous l'avons tous les deux. Nous sommes en général couchés vers onze heures avec un bon roman policier et je crois pouvoir affirmer que nous sommes d'ordinaire endormis vers minuit. Je n'ai rien entendu, non. Alors, maintenant, pour votre déjeuner ? Je vois... et *vous* ? Comme c'est fascinant ! Eh bien, je m'en vais au consulat pour veiller à ce que le corps de M. Langley-Smythe soit rapatrié... ils ont reçu un appel de l'institut médico-légal... Je suppose que vous pourriez le ramener avec vous... Quoi qu'il en soit, je m'arrêterai sans doute au pont, pour voir ce que vous avez prévu, tous les deux. Quel dommage que vous ayez manqué l'office des chants de Noël, hier soir !... enfin, nous vous espérons pour le déjeuner. Felicity est en train de préparer un pudding au pain beurré...

L'adjudant regardait le carabinier Bacci, ses grands yeux ronds à la fois inexpressifs et narquois.

Au bureau, le brigadier sourit à belles dents :

— Dois-je le réveiller ?

— Oui... répondit lentement l'adjudant, en boutonnant son manteau. Réveillez-le et envoyez-le Via Maggio, pour relever l'homme de garde là-bas. Et dites-lui de prendre un petit déjeuner en chemin. Je serai de retour dans environ une heure...

Il s'attarda encore un peu, contemplant la silhouette endormie et recroquevillée, puis sortit et traversa sans se presser le haut passage voûté. Il tremblait un peu mais il allait mieux. Tant qu'il ne se surmenait pas... et puis il n'allait guère loin. Lorsqu'il déboucha dans l'avant-cour remplie de véhicules, le soleil brillant l'éblouit. Il soupira et plongea la main dans la poche de son pardessus, en quête de ses lunettes noires.

— Seigneur !... murmura l'inspecteur principal.

Il avait fermé les yeux pendant le trajet en voiture, sans dormir, mais pour les reposer, et avait senti des éclats de lumière par intermittence, pourtant lorsque la voiture quitta l'ombre bleue et froide de la Via

Maggio pour s'arrêter au pont Santa Trinita, la luminosité le contraignit à ouvrir les paupières.

— On ne croirait pas que c'est le même endroit, reconnut Jeffreys, tandis qu'il sortait avec peine du véhicule et papillotait des paupières.

Ils avaient l'impression d'avoir tâtonné jusqu'à présent à l'aveuglette, dans une sorte de décor complexe et à peine éclairé, et soudain quelqu'un venait d'allumer tous les projecteurs. Ils étirèrent leurs membres fatigués et leur regard se concentra sur la scène. À chaque angle du pont, les statues de marbre blanc étincelaient, comme si elles étaient en mouvement, leurs têtes sombres se profilant nettement sur le ciel bleu profond. De l'autre côté du fleuve se dressaient les sommets crénelés des palais, des tours gothiques, des façades ocres éclaboussées de lumière, des ombres bleu sombre, des toits orangés, et tourbillonnait une circulation anarchique, réglée par un agent de police au casque blanc. Tout le mouvement semblait plus rapide, tous les bruits plus forts, sans l'effet amortissant du brouillard, mais le fleuve coulait lentement, lisse et olivâtre, vers un réseau lointain d'arbres dénudés qui annonçaient le parc. Au-delà, des montagnes scintillantes s'alignaient à l'horizon, tel un mirage.

Dès lors qu'ils se furent adaptés à ce nouvel univers, les deux Anglais commencèrent à se frayer un chemin parmi la foule des badauds, penchés au-dessus du parapet, non loin du vendeur de sapins de Noël qui s'affairait, et voulurent voir de quoi il retournait.

Les plongeurs venaient juste de sauter d'un canot pneumatique noir, sous le quai. Des rumeurs alambiquées concernant l'objet de leur recherche allaient bon train parmi les spectateurs, dont le nombre ne cessait de grossir, parmi lesquels certains portaient des serviettes ou des liasses de papiers administratifs, d'autres de gros sacs en provenance des magasins de l'autre côté du fleuve, d'autres encore poussant des charrettes à bras ou des bicyclettes de coursier. Certains automobilistes arrêtèrent leur véhicule au milieu du pont, pour venir jeter un coup d'œil.

— Est-ce que personne ne va au travail dans le coin ? bougonna l'inspecteur, irrité, tandis qu'on le coudoyait de-ci, de-là.

— C'est le passe-temps national, expliqua Jeffreys, en se rappelant Miss White, et il se demanda un court instant pourquoi elle n'était pas présente.

— Seigneur, donne-lui le repos éternel et que la lumière brille à jamais sur elle...

L'enfant de chœur suivit le vieux prêtre autour du cercueil, en portant l'eau bénite. Chaque fois que l'officiant trempait le goupillon, on entendait un lourd bruit métallique. L'enfant de chœur avait le nez rouge. L'église San Felice était glaciale, l'hiver comme l'été ; les pierres de ses murs du XIIe siècle suintaient la froidure emmagasinée huit cents hivers durant. Le long d'une façade, les fentes de fenêtres à minuscules carreaux n'avaient jamais laissé filtrer le soleil.

— Qu'elle repose en paix...

Le prêtre regagna l'autel et la messe de requiem se poursuivit.

L'adjudant était assis tout au fond, bien que le lieu de culte soit quasi désert. Il avait manifesté sa présence, en serrant la main de Cipolla, presque méconnaissable dans un loden vert bon marché, paré d'un brassard noir, puis s'était retiré au dernier rang, au cas où il aurait besoin de sortir. Il se sentait encore très faible, et le froid pernicieux de la sombre église pénétrait même son gros manteau. Il n'était pas seul dans le fond ; dans un long manteau de fourrure démodé et un béret de laine, une petite femme était entrée, incroyablement ravie de le voir, comme s'ils étaient de vieux amis, et s'était assise à ses côtés. Lorsqu'ils s'agenouillèrent pour la consécration, il remarqua qu'elle portait des chaussures de jogging. Il fut alors certain de l'avoir souvent vue dans le quartier, mais ne sut déterminer où. La position à genoux lui flanquait d'affreux vertiges et il se trouva contraint de s'asseoir et de clore les paupières. La pesante odeur de cire d'abeille se mêlait au parfum frais des fleurs amoncelées dans l'entrée ouverte, derrière lui. Il garda les yeux fermés, respira profondément et avec régularité, les mains posées sur les genoux.

— Seigneur, je ne suis pas digne de te recevoir, mais dis seulement une parole et je serai guéri.

— Seigneur, je ne suis pas digne...

L'adjudant ouvrit les paupières. Cipolla demeura agenouillé, sa sœur et son beau-frère allèrent communier, suivis par un petit groupe de femmes vêtues de noir, qui parurent à l'adjudant participer à toutes les obsèques de toutes les églises d'Italie... tels des vautours. Une pensée inconvenante qu'il tenta de chasser...

Sur leurs supports en cuivre, devant et derrière le cercueil, dans l'allée centrale, les grands cierges crachotaient et offraient une flamme vacillante dans le courant d'air froid de la porte d'entrée.

— Seigneur, je ne suis pas digne...

L'adjudant eut quelque peine à détacher son regard des deux hautes flammes ; elles se mirent à se fondre en une seule.

— Dis seulement une parole et je serai guéri...

Quelqu'un aurait dû fermer la porte de l'église. La tête de l'adjudant bourdonnait sous la froidure, les flammes grossissaient, s'approchaient de lui, et l'écrasaient sous l'écœurante fragrance des fleurs...

— Dis seulement une parole et je serai guéri...

Des vautours planaient à la lumière des cierges... non.

— Dis seulement une parole...

— Allons, murmura une voix anglaise et impérieuse. Respirez ça. Appuyez-vous sur moi.

Miss White cala contre elle la masse vacillante de l'adjudant assis et lui flanqua ses sels sous le nez. L'effet réussit. Il battit des paupières et se redressa.

— Qu'est-ce que diable... ?

Il avait tout à fait oublié l'endroit où il se trouvait.

— Inutile de me parler. Je ne connais pas un mot d'italien. Mais vous devriez sortir à l'air frais. Il y a un peu de soleil. Je vais porter votre chapeau.

L'adjudant se laissa traîner vers l'entrée remplie de fleurs et la lumière de la piazza. Ses yeux se mirent aussitôt à larmoyer.

— Le chagrin l'a anéanti, déclara Miss White aux hommes en combinaison noire, qui écrasèrent leurs cigarettes derrière le corbillard, dès qu'ils virent des gens sortir.

— Je vais lui offrir un café. Allez, venez ! Appuyez-vous sur moi, si ça vous chante !

— Signora ! salua le barman, lorsqu'elle pénétra avec son lourd fardeau dans le bistrot du coin. Et l'adjudant... vous allez mieux ? Vous avez l'air pâle.

— Il a besoin d'une boisson, informa Miss White. Et moi aussi. On gèle dans cette église... deux cafés avec beaucoup de *grappa* !

— Tout de suite ! répondit le barman. Je vous l'apporte à table ?

Il y en avait deux minuscules dans le bar.

— *Si !* Oui, ce serait aussi bien. Il a besoin de s'asseoir.

Lorsqu'on leur apporta leur café à l'eau-de-vie, l'adjudant s'était essuyé les yeux et avait suffisamment récupéré pour se remémorer où il avait vu

Miss White auparavant ; juste ici, dans ce bistrot qui donnait sur la place. Il l'avait vue depuis son poste d'observation habituel, au coin de l'église.

Il leva la tête pour regarder le barman :

— J'ignorais que vous compreniez l'anglais.

— Moi ? Non.

— Eh bien, comment vous débrouillez-vous pour lui parler ?

L'autre resta perplexe.

— Ma foi... elle vient ici depuis des années... Je n'y ai jamais réfléchi. Elle est *simpatica*, vous ne trouvez pas ?

— Si. Nous nous sommes rencontrés aux obsèques, je ne me sentais pas très bien.

— Ah, cette pauvre femme... et sans enfants, qui plus est...

— J'aimerais savoir pourquoi la signora anglaise se trouvait là-bas, si vous pensez pouvoir...

— Oh, je peux vous répondre. La signora Cipolla — paix à son âme — avait l'habitude de travailler là-bas (il fit un signe de tête pour désigner l'entrée du numéro 58, de l'autre côté de la rue). Pas pour la signora, vous comprenez — même si je pense qu'elle avait coutume d'aller la voir —, mais pour l'Anglais du rez-de-chaussée — seulement depuis quelques semaines —, mais comme Cipolla travaillait là-bas aussi, alors...

— Je vois.

Un concert de coups de klaxon furieux débuta au-dehors et l'adjudant, Miss White et le barman gagnèrent d'instinct la porte ouverte pour voir ce qui se passait. L'adjudant chaussa ses lunettes noires.

Une camionnette était garée au beau milieu du triangle où toutes les rues se rejoignaient, tandis qu'un tout petit homme en coupe-vent à carreaux, avec un pantalon maculé de peinture et un sac en papier brun retroussé sur la tête, avait déchargé des dizaines de cadres en bois sculpté et doré à l'antique. Le jeune gardien de la paix avait rajusté son casque et marchait vers la scène, dans un but bien précis.

— Pauvre bougre, murmura l'adjudant.

— Humm... et il a déjà eu droit à sa dispute, aujourd'hui, ajouta le barman, en allumant une cigarette. Un chauffeur de bus, un Allemand, lui en a fait voir de toutes les couleurs. Il a essayé de le faire tourner dans la Via Maggio, l'autre a éraflé le flanc du bus sur la camionnette de lait qui venait de s'arrêter ici, sans qu'il la voie... pauvre garçon, il ne pouvait pas la voir, pas en étant derrière le bus ; le chauffeur aurait dû la voir lui-même, mais les Allemands...

Et il frappa le bois du montant de la porte, comme pour témoigner de l'opiniâtreté de la race.

— Peu importent les Allemands, reprit l'adjudant, en fourrant les mains au fond de ses poches. Il va devoir se frotter à un Italien, maintenant...

Le jeune agent se montrait intrépide. Il s'approcha de l'homme au chapeau en papier, qui plongeait dans la camionnette pour aller chercher d'autres cadres, réajusta une nouvelle fois son casque, puis déclara d'une voix polie :

— Mais vous ne pouvez pas les décharger ici, vous savez.

L'autre se raidit à peine, l'espace d'une seconde, puis répondit sans tourner la tête, de sorte qu'il pouvait faire mine de ne pas savoir qui lui parlait :

— Ah bon ? Eh bien, je l'ai déjà fait, non ?

Le gardien de la paix hésita, évita le regard des badauds les plus proches, toussota dans son gant. Il ne pouvait décemment pas annoncer d'un air pompeux : « Je suis un agent », sans perdre la face sur-le-champ, et il savait que l'autre resterait éternellement de dos, au besoin. Il aborda le problème en biaisant.

— Il existe une *loi* contre le déchargement ici.

— Ah oui ?

Son interlocuteur gardait le dos tourné et lançait des clins d'œil à ceux de l'auditoire qui pouvaient le voir.

— Et qui êtes-vous pour en connaître autant sur la loi ?

La foule éclata de rire. Premier round pour le chauffeur. Fort de cette victoire, le petit homme tourna la tête, puis s'agrippa, horrifié, à son couvre-chef en papier :

— Mon Dieu ! Monsieur l'agent !

Et il se mit à proférer des excuses grossièrement exagérées. La foule adora. D'autres personnes se rassemblaient, des clients sortant de la banque restèrent pour observer. Les fenêtres s'ouvraient jusqu'en haut dans tous les immeubles. Le jeune gardien de la paix était rouge comme une pivoine, mais il exerçait depuis assez longtemps pour savoir que, s'il perdait son sang-froid, il était fini.

— Déplacez tout ça, vous bloquez le passage, déclara-t-il posément.

Mais, comme le fit remarquer le chauffeur, impossible d'entendre quoi que ce soit, à cause du raffut des moteurs et des klaxons.

— Déplacez tout ça ! La loi interdit de décharger ici !

— Ah, répliqua le chauffeur, en hochant la tête, la voix haut perchée pour atteindre le poulailler. C'est hors la loi, vous dites ? Et qui donc a fait cette loi, au juste, vous pouvez me le dire, vous ?

— Peu importe, contentez-vous d'obéir !

C'était la pire des remarques. Le chauffeur était aux anges.

— Ah oui ? Et on est qui, nous ? Des Allemands ?

Il se tourna vers la foule et écarta les bras :

— Est-ce qu'on est pas tous italiens, oui ou non ? Et est-ce que ces lois sont oui ou non faites pour notre avantage ? Et est-ce qu'on a pas oui ou non le droit de savoir...

— Entendu, entendu ! Le gouvernement fait les lois et la *Comune*...

— Le gouvernement, hein ? Les *chrétiens*-démocrates, expliqua-t-il au public. Ceux qui sont là-bas, à Rome... et est-ce que ces *chrétiens*-démocrates savent, est-ce qu'ils ré-a-lisent que Gino Bertellini... c'est moi, un Florentin, comme tous ces braves gens ici présents...

Il agita la main pour inclure l'adjudant, Miss White, le Napolitain, et un groupe d'étudiants américains qui passaient en mangeant une pizza.

— ... que Gino Bertellini doit livrer ces cadres à cette boutique là-bas, près du quai, avant onze heures, sinon il va sans doute perdre son boulot ? Et est-ce que ces *chrétiens*-démocrates, dans leur grande sagesse, lui ont fourni une place pour se garer et les décharger ? Alors ?

— Il a raison, commença à marmonner la foule.

— Bien sûr qu'il a raison, intervint le patron de la rôtisserie en donnant de la voix.

Il attendait d'une minute à l'autre une livraison de poulets à ce même endroit.

— Mais c'est la même chose pour tout le monde, reprit le gardien de la paix. Nous devons tous être égaux devant...

— Holà ! C'est un communiste ! railla le chauffeur et il suscita de nouveaux rires.

Les automobilistes ayant eu leur dose de divertissement commençaient à emballer leur moteur et appuyaient en permanence sur leur klaxon. Certains passaient la tête par leur vitre et insultaient l'agent parce qu'il ne connaissait pas son travail. Un nuage de gaz d'échappement avait envahi la minuscule piazza. Un élégant conducteur, au manteau garni d'un énorme col en fourrure, surgit à pied, après avoir quitté le bout de la file d'attente qui s'étirait jusqu'au fleuve, et il leur demanda s'ils prenaient le thé, auquel cas ils pourraient avoir envie de l'inviter.

— Je fais de mon mieux ! beugla le gardien de la paix, dans tous ses états. Et personne n'y prête attention ; tout le monde me critique, quoi que je fasse... si j'essaye de faire déplacer ce type, je suis un Allemand, et si je ne débloque pas la chaussée, je ne connais pas mon travail !

— Il a raison, le pauvre garçon, déclara une femme qui portait un quart de chou-fleur dans un sac en plastique.

Elle avait un fils en uniforme, qui effectuait son service militaire.

— Excusez-moi, mais qu'est-ce que je suis en train de faire ? Qu'est-ce que j'essaye de faire, d'après vous ? lança le chauffeur en flanquant une tape sur les cadres en bois doré. Est-ce que je suis un millionnaire qui fait ça pour s'amuser ?

La foule se divisa en deux camps et entama une discussion à part.

— Adjudant ! Adjudant ! hurla la femme au chou-fleur, en repérant sa masse sombre à l'entrée du bistrot.

Mais ce dernier recula, en écartant les mains pour signifier qu'il ne pouvait s'interposer.

C'est alors que le papetier en costume gris s'avança, majestueux, sur la chaussée :

— Vous rendez-vous compte, tonna-t-il avec une voix susceptible de calmer le tribunal le plus agité, qu'il y a un enterrement sur cette piazza ?

La foule cessa toute discussion.

Le chauffeur de la camionnette repoussa en arrière son chapeau en papier et se gratta, décontenancé.

— Quel rapport entre un enterrement et tout ça ?

— Cela a rapport avec le fait que vous ayez du respect pour la défunte, pour une femme, une voisine, dont les obsèques ont lieu en ce moment même, et que l'on ne peut transporter au cimetière, en raison de cette dispute indigne qui se déroule ici. Pauvre Italie ! Et pauvres Italiens qui ne peuvent même pas bénéficier de dignes funérailles, à cause de cette espèce de pantalonnade égocentrique !

Le papetier recula et se signa lentement.

Tous les regards se portèrent vers l'église. C'était vrai. On avait placé le cercueil dans le corbillard, les couronnes et leurs rubans violets étaient fixés à l'extérieur. Le cortège ne pouvait avancer et la famille s'était rassemblée, frigorifiée, sous le porche de l'église. Le prêtre, toujours en chape pourpre, avait la main sur l'épaule du petit agent d'entretien, peu couvert.

— Ma foi, bredouilla le chauffeur au chapeau en papier, je ne savais pas, si ?

— Vous vous moquiez de savoir dans quel sens vous bloquiez le passage, observa le papetier.

— Comment est-ce qu'on va se débrouiller ? marmonna le chauffeur, en commençant à déplacer les cadres d'un air mécontent.

Le coéquipier du gardien de la paix s'approchait depuis le pont, qu'il avait quitté pour savoir ce qui créait l'embouteillage. Après un bref conciliabule, ils parvinrent à un compromis, puis les deux agents de police et le chauffeur se mirent à transporter à la hâte les cadres entre la camionnette et la boutique. Dans sa combinaison noire, le plus jeune des employés des pompes funèbres vint leur prêter main-forte, puis

Miss White se rua hors du bar avec ses chaussures de course et essaya de ramasser un cadre.

— Merci, signora, merci, dit le chauffeur en passant à toute vitesse devant elle.

— Inutile de me parler, haleta Miss White, en soulevant le cadre sur quelques mètres avec difficulté. Nous sommes tous ici pour nous entraider.

C'est alors qu'un coup de feu retentit.

Le bruit résonna dans toute la piazza, si bien qu'il fut impossible de déterminer sa provenance. Les gens se mirent à crier et à chercher refuge dans les entrées d'immeuble, d'autres restèrent là à regarder dans le vague, sans trop savoir ce qu'ils devaient croire. Dans le vacarme et la confusion qui suivirent, l'adjudant, dont la vue de l'église était obstruée par la camionnette, songea aussitôt au petit homme de ménage — c'est la fin du monde — et se mit à courir vers le corbillard. Mais Cipolla se tenait toujours là-bas, abasourdi, avec la main du prêtre sur son épaule, et les gens qui hurlaient :

— Adjudant ! Par ici !

Il dévia de son chemin et gagna la banque, mais le vigile en sortait en trombe, revolver au poing, par la porte vitrée, pour tourner et se précipiter sous le porche du numéro 58.

— Non !... souffla l'adjudant, en lui emboîtant le pas, ce n'est pas possible...

— Une ambulance ! brailla le vigile de la banque, tandis qu'il ressortait aussi vite et heurtait l'adjudant.

— Que s'est-il passé ? beugla ce dernier, éberlué, en arrivant au coin de l'appartement de l'Anglais. *Quoi ?*

Un carabinier Bacci pâle comme un linge était agenouillé auprès d'une femme à demi consciente, devant la porte de l'ascenseur.

— On lui a tiré dessus, articula-t-il avec peine, tant sa bouche était sèchc, en relevant la tête.

Un sac en plastique avec deux grandes bouteilles d'eau minérale s'était fracassé au sol, et l'eau coulait partout sur les dalles, en partie veinée de rouge.

— On lui a tiré dessus, répéta-t-il, les yeux exorbités et fixes. Juste là, devant moi.

TROISIÈME PARTIE

CHAPITRE PREMIER

L'adjudant enleva son lourd manteau et le plaça sur les dalles froides, sous la tête de la femme. Elle était grassouillette, avec des boucles grises régulières sur le front. Elle gémit un peu, sans doute plus de peur que de douleur. Elle semblait blessée à la cuisse. L'adjudant retira ses lunettes et l'examina. Il y avait beaucoup de sang, mais seule la chair était touchée, sinon la femme aurait souffert le martyre.

— Signora, demanda-t-il d'une voix douce, avez-vous très mal ?

— Non... je ne sens rien.

Elle regardait dans le vague, les yeux mi-clos, sans expression, mais voilà qu'elle les ouvrait, affolée.

— Est-ce que je vais mourir ?

Elle avait aperçu la silhouette noire du prêtre, qui avait suivi l'adjudant, et se penchait à présent au-dessus d'elle.

— Mais non, voyons, répondit l'adjudant. Juste une blessure superficielle à la jambe, c'est tout. L'ambulance ne va pas tarder.

— Mettez-moi mes chaussures... mes chaussures...

Une larme roula au coin de son œil.

— Et les courses...

Sa main tâtonnait dans le vide, comme pour remettre son petit monde en ordre.

— Peu importent vos courses, pour l'instant. J'ai ici vos chaussures et nous les enfilerons dans l'ambulance. Pensez-vous être en mesure de nous raconter ce qui s'est passé ?

— Je ne comprends pas... Ô, Sainte Mère de Dieu ! Que s'est-il passé ? Que m'est-il arrivé ?

— Calmez-vous, signora, calmez-vous, tout ira très bien, mais essayez de me raconter, s'il vous plaît... ça s'est passé devant vous, donc vous avez dû voir... était-ce quelqu'un que vous connaissez ?

Mais le regard bouleversé de la femme passa rapidement de l'une à l'autre des silhouettes noires, qui, tout à coup, masquaient son univers habituel, et elle ne put que répéter :

— Je ne comprends pas...

Et elle perdit connaissance.

— Je suis certain que ce n'est rien de sérieux, dit le prêtre. Je ferais mieux d'y retourner... Il y a l'enterrement et...

— Du calme ! ordonna l'adjudant, alors qu'il ouvrait les deux grandes portes et tentait de repousser la foule qui chuchotait au-dehors. Et reculez, sinon l'ambulance ne va pas pouvoir passer !

À l'intérieur, la femme restait évanouie, sous la surveillance de Miss White, que l'adjudant avait appelée sur la place.

On avait envoyé le carabinier Bacci chercher le capitaine et les Anglais, au bord du fleuve, où ils travaillaient encore, selon l'agent de police venu du pont. Ils arrivèrent après l'ambulance.

— Savez-vous de qui il s'agit ? s'enquit le capitaine, tandis qu'on transportait la patiente.

— C'est la bonne des Cipriani, répondit l'adjudant.

Je l'ai souvent vue faire ses courses sur la piazza, après avoir conduit les enfants à l'école. D'ordinaire, à cette heure-ci, elle ramène la plus petite de la maternelle, mais...

— Où l'a-t-on blessée ?

— À la cuisse, mais rien de grave...

— L'enfant se trouvait-elle avec elle ? Carabinier Bacci !

Il se tourna vers le jeune homme.

— La petite était-elle avec elle ?

— Je n'ai pas vu...

— Vous n'avez pas vu qui a tiré sous votre nez ! Oh, la barbe !

L'adjudant tapota l'épaule du jeune homme.

— Je suis sûr que l'enfant n'était pas avec elle, monsieur.

— Bien sûr qu'elle ne l'était pas. L'école a fermé hier pour Noël.

La place s'était vidée de ses véhicules. Les deux gardiens de la paix et la foule s'y tenaient en silence. Sirène en marche, l'ambulance tourna au coin et remonta en trombe la Via Maggio déserte. Au-delà, le cortège funèbre s'était enfin éloigné et l'on apercevait à peine la masse de fleurs aux couleurs vives à l'extrémité de la rue froide et ombragée, où un rectangle de lumière scintillante indiquait la présence du fleuve. Ils virent la procession s'approcher du pont pour laisser passer l'ambulance.

— Eh bien... je pense que nous...

L'inspecteur principal se tourna et s'arrêta en voyant les yeux larmoyants de l'adjudant, qui venait de sortir sans ses lunettes.

— Vous... allez bien ?

— Je vais bien, tout à fait bien, répondit l'adjudant, en saisissant le regard incrédule de l'inspecteur principal, comme il essuyait ses larmes. C'est le soleil qui fait ça, expliqua-t-il en pointant l'index vers le haut.

Ils rebroussèrent chemin dans le hall.

Miss White avait ramassé le manteau de l'adjudant et tentait de le nettoyer à l'aide d'un petit mouchoir.

— Tout ce désordre... dit-elle, lorsqu'elle les vit arriver.

Jeffreys lorgna son supérieur qui découvrait le manteau de fourrure et les chaussures de jogging.

— Et qui va le nettoyer ?

Les courses des Cipriani gisaient éparpillées devant la porte de l'ascenseur, près d'un sac contenant des bris de verre de couleur verte. Il y avait une immense flaque d'eau ensanglantée.

— C'était la bonne des Cipriani, non ? Je les ai entendus prononcer son nom au bar... Martha, elle s'appelle, une femme agréable, qui plus est. Elle ne va pas faire de ménage pendant quelque temps... il y a bien la bonne de Cesarini, mais nous ne pouvons pas lui demander, ce n'est pas son travail... et puis ça peut la bouleverser, aussi ; elle pourrait s'imaginer qu'elle est la suivante... et ce pauvre signor Cipolla au cimetière, on ne peut pas compter sur lui, alors il ne reste plus que ma pomme. Ma foi, nous sommes tous ici pour nous entraider. Vous avez assez à faire... il faut que vous vous atteliez à la tâche et que vous retrouviez le meurtrier, avant qu'on se réveille tous morts dans notre lit...

Le monologue était le même que d'habitude, mais son visage accusait une forte pâleur et la main qui roulait et déroulait le mouchoir tremblait. Elle se mit à monter l'escalier.

— Miss White ? lança l'inspecteur Jeffreys, puis il s'interrompit.

Sans se tourner, elle s'arrêta et observa :

— Je n'ai pas vu le signor Cesarini dans les parages, aujourd'hui...

— Non, comme on dit, il nous aide dans notre enquête.

Elle se tourna à demi, cette fois.

— Je n'ai pas envie de perdre mon logement, mon petit musée. C'est toute ma vie... vous comprenez ?

— Je comprends.

— Je sais que ça avait *vraiment* l'air d'être lui, mais je ne peux toujours pas le jurer... si je l'avais vu de face...

— Ne vous faites pas de souci pour l'instant... mais, malgré tout, Miss White, si ça ne vous fait rien, gardez votre porte close jusqu'à nouvel ordre. Ne laissez personne entrer, personne.

— Mais je dois... ouvrir pour le public, vous voyez.

— Miss White, s'il vous plaît, je vous le demande comme une faveur...

— Je garde la porte fermée. Entendu. Je nettoie d'abord ce désordre...

— Pas encore. Vous ne devez toucher à rien, tant que la police n'a pas fini... et ne laissez personne pénétrer dans votre appartement !

Mais elle avait disparu.

— C'est notre témoin, n'est-ce pas ? s'enquit l'inspecteur principal, en roulant une pipe non allumée entre ses paumes.

Le capitaine descendait les marches au pas de course, son chapeau toujours en main.

— La fillette est chez elle, elle va bien. L'école s'est terminée hier, donc...

Il lança un regard à l'adjudant :

— Vous le saviez, bien sûr...

— Mais vous avez eu raison de penser à l'enfant, compte tenu de l'emplacement de la blessure. A-t-elle vu quelque chose ?

— Entendu quelque chose... allons à l'intérieur. Je dois passer quelques coups de fil.

Il ouvrit l'appartement.

— Je vais rester là dehors, proposa Jeffreys.

L'adjudant avait déjà planté sa silhouette corpulente devant la porte et le capitaine téléphonait sans tarder.

— Non, non. Je veille au grain ici, ils n'ont pas besoin de moi là-dedans.

Jeffreys demanda au carabinier Bacci d'expliquer le problème causé par Miss White qui allait presque sûrement redescendre et se mettre à tout nettoyer.

— Et elle ne va pas le comprendre... Je sais que vous pouvez vous débrouiller, mais vous devez rédiger votre rapport.

L'adjudant pénétra dans l'appartement et se tint, embarrassé, dans un coin de la pièce poussiéreuse, en se mouchant, tandis que le carabinier Bacci livrait son récit. Les mains du jeune homme tremblaient et il ne cessait de les dissimuler.

Il était en poste à la porte depuis dix heures moins le quart. La première personne qu'il avait vue n'était autre que la jeune Érythréenne, entrée dans l'immeuble derrière lui, enveloppée dans une cape en loden, avec son voile de mousseline blanche. Elle portait deux sacs d'emplettes et avait appelé l'ascenseur. Elle avait attendu quelque temps qu'il descende, car quelqu'un l'avait appelé d'en haut, sans doute le signor Cipriani, lequel en sortit, lorsque la cabine atteignit le rez-de-chaussée, puis dit : « Bonjour » au carabinier Bacci. Il portait sa serviette. Avant que la jeune Érythréenne puisse refermer les portes de l'ascenseur, la bonne des Cipriani, Martha, venait de surgir, haletante, et parvint à temps pour monter avec elle.

Quelques minutes plus tard, Miss White était descendue par l'escalier ; il semble qu'elle n'utilisait jamais l'ascenseur. Elle s'était adressée avec fougue et, selon toute vraisemblance, encouragement au carabinier Bacci, mais ce dernier n'était pas certain de la teneur des propos.

Elle avait quitté l'immeuble, pour n'y revenir que quelques instants auparavant. Presque aussitôt, la bonne des Cipriani, Martha, était descendue par l'ascenseur, puis sortie, pour revenir peut-être une vingtaine de minutes plus tard, avec ses deux sacs, un avec de l'épicerie, l'autre des bouteilles d'eau.

— A-t-elle appelé l'ascenseur ?

— Oui, monsieur.

— Et est-ce qu'il est venu sur-le-champ ou était-il occupé ?

— Il est descendu tout de suite, monsieur.

— Vous êtes formel ?

— Oui, monsieur.

— Et il était vide à son arrivée ?

— Oui...

— Vous n'êtes pas sûr. Avez-vous regardé ?

— Oui, monsieur.

— Eh bien, alors ?

— J'ai regardé, monsieur, mais s'il y avait quelqu'un là-bas, accroupi...

Il avait raison. La vitre de la porte externe de l'ascenseur était étroite et se trouvait à hauteur d'œil. La clé de la bonne était toujours dans la porte. Le capitaine l'avait ouverte. Les vitres des portes à battants internes s'avéraient plus grandes, mais elles s'arrêtaient aussi à hauteur de la taille, si bien que toute personne à croupetons...

— A-t-elle ouvert les portes ?

— Celle de l'extérieur, oui, mais ensuite, elle...

— Elle quoi ?

— Elle n'est pas entrée aussitôt... elle s'est penchée un peu en avant...

— Elle s'est penchée en avant ? Comment ? Pourquoi ?

— Je ne l'affirmerais pas, monsieur, mais je ne pense pas qu'elle avait ouvert les portes intérieures, lorsque le coup est parti.

— Vous avez dit qu'elle portait deux sacs de commissions, intervint l'adjudant dans son coin.

— Oui, monsieur.

— Alors, elle a dû en poser au moins un pour trouver sa clé et déverrouiller la porte de l'ascenseur.

— Oui, je suppose, monsieur... Mais dès lors que l'ascenseur était descendu vide, j'ai plus ou moins...

Le malheureux carabinier rougissait jusqu'aux oreilles.

— Cessé de regarder, acheva l'adjudant d'un ton narquois. Ne jamais cesser d'observer, carabinier Bacci. Elle s'est penchée, de toute évidence, pour reprendre son sac de provisions, après avoir ouvert la porte, car il suffit de pousser les deux autres ; ce sont deux battants qui s'ouvrent vers l'intérieur.

— Oui, monsieur.

— Mais sa clé se trouve toujours sur la serrure, reprit l'adjudant, plus narquois que jamais.

— Monsieur ?

— Sa clé, carabinier Bacci, est toujours sur la serrure. Elle l'aurait retirée en premier, n'est-ce pas, avant de ramasser ses courses et de pénétrer dans la cabine ?

— Je... oui...

— Il ne faut pas perdre de vue des faits tout simples de la vie courante, marmonna l'adjudant.

Il extirpa de sa poche un grand mouchoir et se tourna pour se moucher longuement.

— Êtes-vous certain qu'elle se soit penchée ? demanda le capitaine.

— Je... c'est juste une impression que j'ai eue,

monsieur, du coin de l'œil... mais le coup de feu est parti aussitôt après et elle est tombée.

— Avez-vous tout de suite regardé à l'intérieur de la cabine ?

— Je... non, monsieur, j'ai regardé la femme, pour voir si...

— Avez-vous seulement regardé dans la cabine ?

— Non, monsieur, murmura-t-il. Mais je me tenais alors devant et personne n'a pu en sortir.

— Mais quelqu'un aurait pu remonter ?

— Non, monsieur, impossible, car la porte extérieure était toujours ouverte. L'ascenseur ne marche pas, si celle-ci reste ouverte.

Et l'adjudant était arrivé juste après.

— Vous n'avez vu personne ? s'enquit le capitaine en se tournant vers lui.

— Il n'y avait personne là-bas, monsieur.

Ses mains fourrageaient dans ses poches, à la recherche de ses lunettes noires.

— Ma foi, nous pouvons interroger tous les résidants, mais on commence à avoir l'impression que cette pauvre femme s'est tiré dessus, par accident, bien sûr... elle a pu transporter l'arme pour quelqu'un d'autre... Eh bien, on fouillera ses vêtements à l'hôpital, et dès que les médecins donneront leur accord, un test à la paraffine... quelque chose ne va pas, adjudant ?

— Non, monsieur, non... rien... En fait, si vous n'avez pas vraiment besoin de moi ici, j'ai quelques petites choses à régler à mon bureau...

Il s'avançait de manière quasi imperceptible vers la porte.

— Je vois, dit le capitaine avec une politesse glaciale. Nul doute que vous avez le souci de mettre de l'ordre dans vos papiers. Vous rentrez chez vous pour Noël, j'imagine.

L'adjudant bredouilla des paroles incompréhensibles en guise d'assentiment.

— Alors, allez-y. Comme vous ne pouvez plus faire grand-chose ici...

— J'emmène le carabinier Bacci avec moi... vous souhaiterez sans doute un rapport écrit de sa part, je présume. Il se peut qu'il ait besoin d'aide...

— J'imagine. Je voudrais le rapport sur mon bureau d'ici deux heures. J'ai rendez-vous avec le substitut du procureur à trois heures.

— À trois heures... vous pourriez peut-être différer l'entretien d'une heure, compte tenu des circonstances...

— Je pourrais. Mais je veux ce rapport sur mon bureau à deux heures.

— À deux heures. Carabinier Bacci...

Ils sortirent en silence. L'inspecteur principal les regarda fixement, sans trop savoir ce qui se passait.

Mais le moment n'était pas aux conjectures. Aussitôt après leur départ, Jeffreys rouvrit la porte. Le docteur Biondini avait amené avec lui deux de ses gardiens de la Galerie palatine, afin d'emporter le buste en majolique, et le capitaine avait des liasses de papiers à signer. Une migraine en moins pour ce dernier, mais Biondini paraissait épuisé.

— J'en ai pour un an avec la paperasse concernant cette affaire...

Ils emballaient encore le buste, lorsque les techniciens arrivèrent.

— Est-ce que nous pouvons allumer ici ? Nous allons prendre tout ça avec nous...

Le capitaine tenta de leur donner des instructions, tout en s'occupant d'un Biondini très angoissé.

— Où dois-je signer ? On a déjà fait ça au moins deux fois, non ?

— Oui, ça doit être fait en trois exemplaires... et ici... laissez-moi ça, je remplirai les dates plus tard...

— Capitaine ? fit Jeffreys en passant à nouveau la tête. Je crois que cette dame...

— Excusez-moi, je vous prie, je voulais juste demander quelque chose.

Voyant la signora Cipriani qui s'agitait derrière l'inspecteur, le capitaine flanqua les papiers dans les mains de Biondini et gagna la porte.

— L'enfant ?...

— Elle est ici avec moi... vous avez dit de ne pas la laisser seule, alors... C'est juste que je me demandais si je pouvais me rendre à l'hôpital, une fois que Vincenzo serait rentré à la maison... après le déjeuner. Cette pauvre Martha...

— Non. Je préférerais vous voir rester dans l'immeuble, jusqu'à ce que je sois certain qu'il n'y ait pas d'autre danger... et n'ouvrez la porte à personne.

— Oui, bien sûr. Pauvre Martha... et à Noël... sa fille arrive aujourd'hui... Je voulais lui offrir...

— Oui, je comprends, mais je dois vous prier de rester ici pour l'instant. Je vous tiendrai au courant, dès que possible... et gardez bien la fillette avec vous.

Giovanna attendait devant la porte ouverte de l'ascenseur, où, à l'évidence, on lui avait dit de rester. De temps à autre, elle montrait le bout de son nez et menaçait Jeffreys avec un pistolet à eau rose. Le capitaine les regarda s'enfermer dans la cabine et monter aux étages, puis il se tourna vers l'équipe technique.

— Je sais que c'est beaucoup vous demander, mais si vous pouviez me mettre tout ça sur papier, même si ce ne sont que des suggestions, d'ici cet après-midi... Je dois rencontrer le substitut du procureur à trois heures, à moins que je puisse repousser le rendez-vous...

L'adjudant méditait dans son fauteuil de bureau. Sous ses yeux se trouvait une copie du rapport du carabinier Bacci sur la découverte du corps. Ce dernier se tenait à ses côtés. Il avait déboutonné son manteau, mais l'adjudant avait dit, sans relever la tête :

— Ne le retirez pas.

Et il était revenu sur le rapport. Enfin, il soupira et s'affaissa un peu sur son siège.

— Vous allez devoir réécrire ce rapport.

— Monsieur, je... ?

— Réécrivez-le. De façon précise.

— Oui, monsieur... Mais le capitaine était avec moi, quand...

— Le capitaine n'était malheureusement pas avec vous, lorsque vous êtes allé la première fois Via Maggio, sinon...

— Mais je pensais... ils disaient que Cesarini...

— ... Aide le capitaine dans son enquête. Mais il n'a pas tué l'Anglais et ne sait sans doute pas qui est le meurtrier. Il n'y a que vous qui le sachiez.

Le visage pâle du carabinier Bacci vira soudain à l'écarlate. Il se mit à trembler.

L'adjudant lui jeta un regard empreint de tristesse :

— Amenez-moi Cipolla. Il devrait être rentré du cimetière, à présent.

— Cipolla...

— L'agent d'entretien.

— Oui, monsieur.

— Nous allons reprendre sa déposition, vous et moi ensemble. Il avait très peur, carabinier Bacci.

— Oui, monsieur.

Bacci s'exprimait à voix basse, sa gorge était trop sèche pour parler normalement.

— Il voulait me voir. J'étais malade, c'est vrai, mais j'admets que j'étais ravi de rester en dehors de ça... de ne pas être celui... je ne suis pas compétent... et il avait peur de vous, du capitaine. Dites-lui que je suis ici et que j'ai besoin de lui. À moi, il pourra parler.

— Oui, monsieur, murmura le carabinier Bacci.

L'inspecteur principal avait observé Jeffreys qui luttait contre son épuisement et, comme il l'avait vu y parvenir, il suggéra qu'ils aillent tous deux déjeuner puis se reposer.

— Savez-vous ce qui me ferait le plus plaisir, Jeffreys ? Une bière. Pensez-vous que nous ayons la moindre chance d'en trouver ?

— Facile.

Ils passaient sur le pont dans une voiture de police.

— Je vais lui demander de nous déposer au bar, près des arbres de Noël, et nous ne serons plus qu'à deux minutes du presbytère.

— Et du *shepherd's pie* de Felicity.

— Exact.

Personne n'aurait jamais cru qu'ils puissent entretenir des rapports aussi chaleureux. Chacun avait vu l'autre en proie aux difficultés, le chef sur le plan moral, Jeffreys sur le plan physique, et ils se découvraient un esprit combatif commun. À présent, ils se sentaient tous deux très anglais et le pays leur manquait beaucoup. L'idée de prendre une bière sur le pouce avant le déjeuner avait un attrait familier.

Le barman était juché sur un petit tabouret et décrochait l'une des boîtes bleu et argent contenant des gâteaux de Noël, suspendus en une sorte de bouquet au plafond.

Un conducteur de bus buvait un verre de vin rouge dans le fond de l'établissement et relatait avec ardeur une anecdote à trois auditeurs. Il portait un petit bandage au front.

— N'est-ce pas le chauffeur ?... fit l'inspecteur principal en le regardant fixement.

— Oui, j'en suis sûr, répondit Jeffreys, en essayant de comprendre ce qu'il disait.

— ... Eh bien, tu sais combien c'est étroit, une fois que t'as dépassé le carrefour... y a à peine de la place pour deux piétons... le bus est bon pour la casse, d'après moi.

— T'as cogné le pare-brise ?

— Je l'ai peut-être fait, c'est dur de me rappeler...

En fait, il s'était évanoui après qu'on l'eut sauvé et sa tête avait heurté le rétroviseur d'une voiture de carabiniers.

— Tu dirais la même chose, si t'avais eu un revolver dans le dos...

Il s'interrompit, en comprenant qu'il voyait les deux Anglais qui l'avaient observé la veille au soir, au poste de police. Il se tourna et poursuivit sur un ton plus faible.

— Vous vous sentez mieux, Jeffreys ?

— Beaucoup mieux.

— Le *shepherd's pie*, alors, si nous ne sommes pas trop en retard.

Tandis qu'ils marchaient vers le presbytère, ils se mirent d'accord pour appeler le consulat et demander s'il n'y avait pas à tout hasard un avion pour rentrer chez eux. Si l'affaire s'éternisait, ils avaient toutes les excuses pour rentrer au pays à Noël et témoigner de la tournure qu'elle avait prise.

— Malgré tout, déclara l'inspecteur principal, comme ils attendaient que le pasteur réponde au coup de sonnette, ça ne m'aurait pas déplu d'échanger un mot avec ce gros bonhomme que nous avons vu ce matin. Il m'a paru être quelqu'un qui savait quelque chose sans vouloir le dire.

Et, debout à la fenêtre de son bureau, dans l'attente des résultats de la fouille et des tests à la paraffine effectués aux urgences de l'hôpital voisin, San Giovanni di Dio, dans l'espoir que quelque chose, n'importe quoi, puisse calmer l'irritable substitut du procureur à trois heures, le capitaine commençait à penser la même chose.

L'adjudant se leva lorsqu'il entendit la porte s'ouvrir.

— Laissez vos manteaux ici et venez dans mon appartement, où nous ne serons pas dérangés.

Il ouvrit la marche, en les entraînant directement dans la cuisine. Il les fit asseoir à la petite table, prit une bouteille de *vinsanto* dans un placard peint, contre le mur, et disposa trois verres. Lorsqu'il les eut remplis, il s'assit avec lourdeur sur sa propre chaise au dossier raide et but sa boisson avec délicatesse, d'un seul trait, en oubliant totalement le conseil du médecin. Il plaça les mains à plat sur ses genoux et s'exprima d'une voix douce :

— Nous ne voulons pas... nous ne voulons pas qu'une autre personne soit blessée... et il y a quelque chose que je ne comprends pas...

Il se tut, leva la tête, puis fixa le petit homme de ses gros yeux qui roulaient. L'agent d'entretien lui retourna son regard avec cette expression permanente d'humble surprise sous les cheveux noirs hérissés.

— Dites-moi, à présent, Cipolla, avant de me raconter quoi que ce soit d'autre... qu'avez-vous fait du revolver ?

CHAPITRE II

— Je l'ai jeté dans la cour, adjudant.
— Pourquoi ?
— J'avais peur, je suppose.
— Est-ce que vous essayiez de le cacher ?
— Je pense pas... Je l'ai juste jeté devant la porte-fenêtre. Je voulais seulement l'éloigner de moi. J'allais vous le donner, quand vous êtes venu, mais...
— Mais je ne suis pas venu.
— Non.

Le petit homme de ménage lança un regard contrit au carabinier Bacci, qu'il ne souhaitait pas offenser.

— Mais je suis venu plus tard.
— Oui, adjudant, mais on m'avait envoyé à l'extérieur...
— Pourquoi ne pas m'avoir demandé de venir ?

L'agent de service lui décocha un regard incrédule. L'idée qu'il ait dû interrompre officiers, professeurs, experts, photographes... quand on lui avait dit de s'en aller et de se tenir à l'écart, dans la cour... il ne pouvait même pas comprendre la question. L'adjudant ne s'y attarda pas et poursuivit.

— Alors que s'est-il donc passé avec le revolver ?
— Je l'ai ramassé, adjudant.

— Là, devant la fenêtre, pendant que nous étions à l'intérieur ?

— Oui.

— L'avez-vous pris pour le dissimuler quelque part ?

— Le dissimuler ?

— Oui, le cacher ?

— Mais... non. Je l'ai ramassé parce que je nettoyais la cour... il me l'avait dit...

Nouveau regard d'appréhension adressé à Bacci.

— Je vois. Vous avez donc nettoyé. Qu'avez-vous ramassé encore ?

— Les choses habituelles. Pinces à linge, surtout, et une chaussette et deux mouchoirs tombés de l'étendoir de quelqu'un. Et un pistolet en jouet, en plastique rose... mais je n'ai pas pu balayer, comme je le fais d'habitude, parce que...

— Parce que vous n'aviez pas votre balai-brosse, acheva l'adjudant en se remémorant son rêve (l'image familière de Cipolla avec toujours un balai-brosse et un seau en bandoulière à l'épaule droite). Et qu'avez-vous fait de tous ces trucs que vous avez ramassés ?

— Je les ai mis dans un sac en plastique, comme d'habitude, puis j'ai attendu que vous sortiez pour vous le donner.

— Mais vous ne me l'avez pas remis, Cipolla.

— Non, adjudant...

— Pourquoi donc ?

— Vous m'avez dit de le poser à terre, murmura-t-il, et de vous suivre au poste...

— Mais vous auriez pu malgré tout me le *dire*, à moi ?

— Oui... mais j'étais... les autres étaient là... alors j'ai seulement fait ce que vous m'avez dit. J'ai pensé que ça n'avait pas d'importance, de toute façon.

— Pas *d'importance* ?

— De vous le dire à ce moment-là. J'ai cru que vous m'arrêtiez.

— Vous avez cru ?... Quoi, depuis le début ? Même au bistrot ?

— Oui.

— Est-ce qu'on vous a déjà *arrêté*, Cipolla ?

— Non, adjudant ! répondit l'autre, tout rouge.

— Non, le contraire m'étonnerait. Vous avez donc posé le sac contenant l'arme dans le hall d'entrée ?

— Près de la porte de l'ascenseur, adjudant. Je le pose toujours là, pour que les gens puissent récupérer leurs affaires et des pinces à linge... tout le monde en fait tomber et personne n'a une clé pour la cour, sauf les Cesarini. Il y a un petit crochet près de la porte de l'ascenseur. J'y laisse toujours le sac.

— Et est-ce qu'ensuite vous ne vous êtes pas inquiété de savoir ce qui se passerait, en abandonnant l'arme comme ça ?

— C'est ce qui est arrivé à cette pauvre femme ? Mais je me suis dit — il y avait tellement de policiers en train de fouiller —, je me suis dit qu'ils l'auraient découverte.

C'est ce qui se serait produit, mais le revolver ne se trouvait pas là, lorsqu'ils fouillèrent l'entrée, et quand ils passèrent dans la cour, il avait suspendu le sac à son crochet dans le couloir. Entre-temps, personne n'avait remarqué un seul instant la présence du petit agent de service.

— Eh bien, carabinier Bacci ?

L'adjudant roula des yeux de plus belle et posa son regard sur le jeune homme qui, au début était rigide et empourpré, alors qu'il se révélait à présent blême et crispé.

— Oui, monsieur ?

— Est-ce que c'est ce sur quoi elle se penchait ?

— Oui, monsieur, je m'en rends compte maintenant...

— Oh, vraiment ?

— C'est juste que je ne l'observais pas tout à fait, monsieur. Mais je me souviens du bruit... elle a dû tripoter le sac à l'intérieur.

— Des pinces à linge ?

— Oui, monsieur, je me rappelle le cliquetis.

— Allez chercher le revolver, carabinier Bacci.

— Oui, monsieur.

— Et tâchez de ne pas vous tirer dessus.

— Oui, monsieur.

Il se leva d'un bond et sortit.

L'adjudant soupira et se passa une main lasse sur la figure. Il la garda à cet endroit et ses yeux se fermèrent un instant, car il ne voulait pas commencer. Puis, en silence, il remplit de nouveau leurs verres.

Le petit homme de ménage ne parla pas mais accepta, passif, la boisson.

« Il a l'air si calme, songea l'adjudant. Depuis que c'est arrivé, il a l'air si calme... » Mais il se rappela alors Cipolla tel qu'il était à l'ordinaire, trottinant sur la place dans sa combinaison noire, cheveux dressés sur la tête, seau et balai-brosse sur l'épaule. Il se faufilait dans la ville parmi les grandes demeures, saluait amis, connaissances, employés, poursuivait son petit bonhomme de chemin, balai en main dans les escaliers, n'avait pas son pareil pour lustrer les belles poignées de cuivre, faisait briller une vitrine qui pouvait fort bien contenir un seul vêtement dont l'étiquette équivalait à son salaire annuel... son calme dépassait la réalité...

Aux yeux de l'adjudant, la personnalité surannée de Cipolla n'était pas sans évoquer la petite dame anglaise, qui vivait seule, traversait la piazza en tentant de transporter ces cadres... Les gens à la frontière de la vie ne sont jamais vraiment intégrés. Même en qualité de meurtrier, Cipolla n'avait jamais fait grande impression ; tout le monde l'avait ignoré comme toujours. Les humbles n'héritent pas de grand-chose dans un pays où il faut être un génie pour suivre, et aboutissent encore moins à quoi que ce soit. L'adjudant se sentit fatigué. Il aurait aimé laisser le petit homme d'entretien faire son travail, l'ignorer comme tous les autres l'avaient fait, et aller se coucher. Mais le lendemain, c'était Noël et vingt heures de trajet en train l'attendaient, et les yeux profonds du nettoyeur d'immeuble l'observaient, avec patience, humilité, en attendant que l'adjudant agisse d'une façon quelconque à son sujet, car il savait que personne d'autre n'agirait. Chaque fois... tout de suite après le meurtre, durant ces quelques secondes dans le hall d'entrée, où Cipolla avait tenu le revolver dans un sac en plastique sous leur nez, puis dans le corbillard bloqué par l'embouteillage... ce visage blanc, ce regard réservé, plein d'espoir... avait-il seulement l'intention d'attendre la fin des obsèques et puis, si l'adjudant n'était toujours pas venu pour lui... ?

— Qu'alliez-vous faire, Cipolla ? Ce soir, après le départ de votre sœur et de votre beau-frère ?

Cipolla baissa les yeux sans répondre, tel un gamin surpris alors qu'il allait voler de la confiture. Toutes ses réactions semblaient relever du domaine de l'enfance, une parodie de réaction adulte, non parvenue à maturité. C'est peut-être la raison pour laquelle tout le monde l'ignorait lorsqu'un problème sérieux se présentait ? Comme si on lui disait : « Sors et trouve-toi quelque chose à faire, reste à l'écart pendant que les grandes personnes parlent. » Cela avait peut-être un rapport avec sa taille minuscule. S'était-il senti adulte, au moment où, pendant quelques secondes, il avait tenu un revolver dans sa main et tiré ? Ou n'était-ce alors aussi qu'une caricature, et la mort de l'homme serait plus ou moins un accident ? Pour être suivie par une tentative puérile de suicide qui aurait pu réussir ou pas... sans doute pas, selon que...

— Qu'aviez-vous prévu, Cipolla, le fleuve ? Le clocher ?

Le campanile en marbre de Giotto était souvent utilisé par les aspirants au suicide qui se moquaient de quiconque pouvait marcher ou rouler sur la place animée, au-dessous.

— Pas le campanile, murmura Cipolla, toujours les yeux baissés. J'ai lu dans la *Nazione* l'histoire d'un vieil homme...

Un individu de quatre-vingt-quatre ans qui avait laissé un mot, annonçant qu'il était épuisé de devoir lutter pour subsister grâce à une somme d'argent pitoyable, laquelle servait tout juste à nourrir son petit chien noir et blanc. Il avait sauté du clocher et s'était écrasé à travers le pare-brise d'une voiture, tuant non seulement lui-même, mais aussi la jeune fille qui conduisait. Personne n'avait songé au chien, jusqu'à ce que les voisins l'entendent gémir deux jours plus tard. Il n'y avait aucune nourriture dans la maison.

— Je ne voulais pas blesser qui que ce soit. J'ai déjà fait assez de mal comme ça.

— Le fleuve, alors ?

Pas de réponse. C'était donc ça qui était prévu.

— Et vous avez... quoi... quarante-deux ans ?

— Oui, adjudant.

Il se tenait assis bien droit et très calmement. La chevelure en bataille accentuait l'image d'écolier qu'il offrait de lui. Il s'avérait impossible de ne pas songer à Cipolla comme la victime de l'Anglais. Mais ce dernier était mort et Cipolla non, et l'adjudant avait un travail à accomplir, encore qu'il ne l'ait jamais aussi peu aimé.

— Quel âge aviez-vous pendant la guerre ? s'enquit-il tout à coup.

— Environ six ans, lorsqu'elle s'est terminée.

— Est-ce que vous vous en souvenez bien ?

Il n'aurait pas dû poser ces questions et, pourtant, c'était une façon de lui accorder une certaine attention.

— En partie, seulement, surtout vers la fin, quand on a dû s'en aller. Notre maison a été bombardée.

— Vous ne pouviez pas trouver refuge n'importe où en ville ?

— Ma mère pensait qu'on serait plus en sécurité à la campagne... elle avait une sœur qui vivait plus au nord, près de Rome. Elle a dit qu'il y aurait de quoi manger là-bas, qu'il y avait toujours de quoi manger à la campagne.

— Et c'était le cas ?

— Non. Pendant longtemps, on a pris l'habitude de ramasser les betteraves sauvages, le fenouil, et les orties, pour les faire bouillir.

— Du pain ?

— Pendant quelque temps, jusqu'à ce qu'on manque de farine.

— Combien étiez-vous ?

— Quatre, y compris ma mère.

— Et votre tante ?

— On l'a jamais trouvée. La petite maison avait été bombardée. Une partie tenait encore debout et les soldats l'avaient utilisée. Les meubles avaient servi de bois de chauffage et il y avait un gros trou dans le toit. On a vécu dans la grange, jusqu'à l'arrivée des avions.

— Quels avions ?

— De toutes sortes. Anglais, allemands, américains.

Ils volaient et tiraient sur tout ce qui bougeait. Je suppose qu'il devait y avoir des soldats dans les parages, mais on en a jamais vu aucun. Y avait les bombardements, aussi. Je me souviens de beaucoup d'incendies.

— Saviez-vous de quel côté vous vous trouviez ?

— De quel côté ?...

— Les avions qui venaient par chez vous, saviez-vous dans quel camp vous étiez pendant la guerre ?

— Je ne crois pas... ma mère avait l'habitude de tous les insulter, les italiens aussi, parce qu'ils essayaient de tuer ses enfants. Je sais seulement que je devais me cacher et ne pas bouger, si j'entendais des avions. Je savais que j'avais faim.

— Que s'est-il passé ensuite, quand vous avez quitté la grange ?

— Je sais plus trop. On a beaucoup bougé. On a fini à Rome, parce que ma mère disait que sa sœur avait dû y aller, avec tous les autres réfugiés, qu'avaient leurs fermes détruites. Je suppose qu'elle avait dû se faire tuer, mais j'arrive pas à me souvenir si on l'a su en fin de compte... Je sais pas comment on a vécu à Rome, mais en définitive, on est retournés à la campagne, où ma mère, mon frère et ma sœur ont travaillé dans une ferme. J'étais le plus jeune...

— Je n'ai pas vu votre frère à l'enterrement...

— Non, il a émigré en Amérique, dès qu'il a pu, c'est-à-dire dès que j'ai été en âge de pouvoir travailler aussi.

— Est-ce que vous aimiez le travail à la ferme...

— Non, je l'ai détesté. Je détestais la campagne.

Pas étonnant. Après la première expérience qu'il en avait. Des orties bouillies et des avions qui mitraillaient au sol.

— Quel âge aviez-vous lorsque vous êtes venu à Florence pour la première fois ?

— Quatorze ans, ou à peine plus.

— Et vous êtes venu seul ?

— Oui. C'était la première fois que j'allais quelque part en train.

— Est-ce que votre père... vous aviez un père ?

— Il a été tué en Grèce.

— Poursuivez. Racontez-moi votre arrivée à Florence. Où avez-vous logé ?

— Dans une pension. Le prêtre de chez nous avait arrangé ça pour moi. J'ai commencé par faire quelques tâches de nettoyage dans une église ici, mais j'ai vite trouvé plein de travaux à faire et, en fin de compte, un appartement bon marché dans la Via Romana.

— Et puis vous vous êtes marié ?

— Non, pas à ce moment-là, plus tard. D'abord, ma mère est morte et ma sœur est venue vivre ici avec moi. Elle a trouvé un emploi dans une trattoria tenue par des gens qu'elle connaissait de Salerne. Puis, lorsqu'elle a épousé Bellini, elle a eu son propre logement près de chez vous...

L'adjudant lança un regard sur un bol blanc, coiffé d'une assiette et posé sur le réfrigérateur.

— Et alors, vous vous êtes marié ?

— Oui.

Un regard étrange transparut sur son visage, alors qu'ils approchaient du présent. Tôt ou tard, il devait craquer... mieux valait ici que parmi des étrangers au poste central... quand bien même, il était plus sage d'attendre le retour du carabinier Bacci... mais où diable était-il passé, au fait ? L'adjudant remplit leurs verres.

— Videz-le, déclara-t-il, en l'observant.

En quoi Cipolla aurait-il été différent, s'il avait pu se nourrir alors qu'il avait faim ? Aurait-il grandi pour atteindre la taille normale d'un homme ? Ces spéculations s'avéraient inutiles. Et ils étaient des milliers comme lui.

— Qui vous assure ? Vous travaillez pour tant de gens aux quatre coins de la ville.

— Personne... J'ai une petite police d'assurance et on essaye... on essayait de mettre un peu d'argent de côté. On avait pas d'enfants, voyez, alors... Milena pouvait pas...

— Alors vous avez tous les deux travaillé et économisé ?...

— Non, non... ça s'est pas passé comme ça...

Il se mit à parler plus vite, libérant les mains posées sur ses genoux pour accentuer ses propos, pour mieux expliquer.

« Peut-être que, de toute sa vie, il n'a jamais vraiment parlé de lui à quiconque, songea l'adjudant, à moins que ce ne soit le *vinsanto.* » Il est vrai que son visage avait pris quelques couleurs.

— Ça s'est pas passé comme ça. J'ai pas voulu qu'elle soit obligée de travailler. Ma mère s'est tuée au travail pour nous élever toute seule... Et puis qu'est-ce qu'elle aurait pu faire. Du nettoyage comme moi ? Elle était allée qu'à l'école primaire. Et elle avait pas d'enfants. C'est autre chose de faire des tâches désagréables quand on a le plaisir d'avoir des enfants à qui il faut acheter des choses, on peut comprendre, mais pour qu'elle fasse ce genre de travail et que je sois le seul à rentrer à la maison... En plus, j'ai pensé que ce serait bien pour elle de vivre comme une « signora », d'être un peu différente... Les autres femmes, voyez, ça la dérangeait parfois... c'est pas qu'elles faisaient exprès, je suppose que c'était pas leur faute...

— Celles avec des enfants, vous voulez dire ?

— Oui... Même ma sœur... elles faisaient pas exprès... Elle avait l'habitude de pleurer la nuit, quand elle pensait que j'étais endormi. J'ai toujours su pourquoi.

— Elle ne s'ennuyait pas à la maison ?

— Si elle s'ennuyait ?... Je crois pas... Je lui ai conseillé de passer son brevet... ça prend qu'une année et beaucoup de gens comme nous le font, maintenant, en prenant des cours du soir, mais elle voulait pas y aller. Elle avait peur que les gens le sachent et trouvent ça ridicule à son âge... À la fin, j'ai réussi à la convaincre de prendre des leçons d'anglais avec Miss White. Personne d'autre avait besoin d'être au courant et je me suis dit que ça pourrait lui libérer l'esprit, mais ça lui a pas réussi... Miss White est très *simpatica*, très patiente, mais elle parle pas un mot d'italien et Milena pas un mot d'anglais, alors...

— Encore des larmes ?

— Oui.

L'adjudant songea qu'il commençait à comprendre. Nul doute que Milena avait accepté de jouer à la « signora » pour lui faire plaisir. Mais quel plaisir pouvait-elle avoir à rester assise chez elle toute seule, quand toutes ses voisines avaient des enfants ou travaillaient, ou mieux encore, les deux ? Cela n'avait rien d'extraordinaire ; les couples passaient leur vie à exercer une profession ou à vivre quelque part, en pensant qu'ils se faisaient plaisir l'un à l'autre, sans jamais admettre combien ils détestaient cela... Et si c'était cela qu'il vivait lui-même ? Pour le bénéfice de qui se trouvait-il à des centaines de kilomètres de sa famille ? Est-ce que sa femme se souciait vraiment du fait que les enfant soient contraints de changer d'école, ou sa mère était-elle si bouleversée à l'idée de quitter son petit village pour la première fois dans sa vie ? Ou s'imaginaient-ils tous qu'il aimait mener une existence de célibataire ici, puisqu'il s'arrangeait toujours pour leur dissimuler qu'il se sentait désespérément seul sans eux ? Il prit la décision de faire la part des choses pendant ces vacances. Mais pour l'heure, il ne devait pas penser à lui.

— Alors, pendant tout ce temps, vous avez travaillé dur et assuré votre subsistance à tous les deux. Ça devait exiger de longues heures... ce n'est pas bien payé.

— Non, mais faire des heures, ça me dérange pas. Ça me plaît de travailler, j'aime bien sillonner la ville de bout en bout ; ça me va.

Naturellement. Aucun risque de champs à ciel ouvert et d'avions, pas de soupe aux orties. Il aimait trottiner à l'ombre d'énormes bâtisses érigées depuis cinq cents ans et davantage, entouré de magasins regorgeant de victuailles ! Mais son épouse n'aurait-elle pas peut-être aussi apprécié cela ?

— Il fut un temps où votre femme est bel et bien allée travailler, n'est-ce pas ?

Il leur fallait en arriver là à un moment ou un autre.

— C'est après qu'on a découvert l'existence de... la maladie.

— Elle est allée travailler quand elle a été *malade* ?

— On avait pas le choix, à la fin... la police d'assurance couvrait les frais de l'opération, mais j'ai dû alors m'absenter au travail... Ma sœur a fait ce qu'elle a pu, mais avec les enfants, dont elle devait aussi s'occuper... Quoi qu'il en soit, j'ai perdu quelques gages et on avait un peu de retard sur les factures... à la fin, j'ai tout mis en ordre, mais il restait plus rien... rien pour... et on savait...

Ils savaient qu'elle allait mourir et que cela aussi coûte de l'argent.

— La seule chose qu'elle ne voulait pas, c'était mourir dans un hôpital. Un mois environ après l'opération, elle s'est sentie plus ou moins redevenir comme avant... ils n'avaient rien fait, vous savez... ils ne pouvaient pas ; elle disait qu'elle souhaitait chercher un petit boulot, ne serait-ce que pour quelques semaines, pour que je puisse me permettre de rester à la maison avec elle quand...

En fin de compte, elle avait donc échappé à ses quatre murs, même brièvement.

Cipolla avait la figure cramoisie. Peut-être le *vin-santo*...

— Quand avez-vous mangé pour la dernière fois ? s'enquit tout à coup l'adjudant.

— Je peux pas me rappeler.

— Aujourd'hui ou hier ?

— Je... hier... je sais pas... il se peut que ce soit avant-hier...

L'adjudant souleva sa grosse masse et quitta la table pour s'approcher du réfrigérateur, sur lequel il prit le bol blanc.

— Je me permettrais pas de vous prendre votre repas, adjudant.

— J'ai mangé, mentit Guarnaccia. Avant votre arrivée. Et c'est votre sœur qui l'avait faite, alors je ne vois pas pour quelle raison vous n'en profiteriez pas un peu.

— Est-ce qu'elle... est-ce que vous lui avez... ?

— J'y passerai plus tard.

Lorsque le carabinier Bacci frappa en douceur à la porte et entra, il fut surpris de voir l'adjudant en train de remuer une casserole fumante de soupe et le petit homme de ménage, docile, à la table, devant un bol à rayures et une assiette. Un second couvert était dressé à ses côtés.

— Adjudant ? Ils avaient déjà enlevé le sac, alors j'ai dû...

— Assis, interrompit son supérieur, et il se mit à verser la soupe dans leurs bols, comme s'il nourrissait ses propres enfants. Et depuis quand avez-vous mangé, hein ? grommela-t-il sous les yeux éberlués du carabinier.

— Hier soir, monsieur...

— Eh bien, mangez, allez-y.

Il se mit à couper d'énormes tranches de pain dans une grosse miche saupoudrée de farine.

— Voilà. Du pain. Mangez-le.

Et il s'assit, satisfait de les observer.

— Après le revolver, adjudant... ils avaient déjà trouvé le trou dans le sac et des traces de poudre sur tout ce qu'il contenait, mais l'arme n'est plus dedans, alors...

— Plus tard.

Lorsqu'ils eurent terminé, l'adjudant retira leurs assiettes et les déposa dans l'évier. On apercevait des taches de buée au centre de chaque carreau de la fenêtre de la cuisine. Sur les bords, il entrevit le soleil hivernal qui brillait sur la tête d'une statue romaine et le haut d'une haie de lauriers, à l'orée du parc Boboli. Il revint s'asseoir.

— Est-ce que ça vous dérange beaucoup, Cipolla, si le carabinier Bacci reste avec nous ? C'est un brave garçon, un gars sérieux.

— Je m'en rends bien compte, adjudant. Et il est jeune et il doit apprendre son métier... Je vous ai causé à tous pas mal d'ennuis...

Était-il même ravi d'avoir un auditoire, pour une fois dans sa vie ? Malgré tout, il se montrait trop calme...

— Donc... vous aviez besoin d'argent, à cause de sa maladie. Comment en est-elle venue à travailler pour l'Anglais ?

— C'était difficile de trouver quoi que ce soit. Ces temps-ci, c'est pas comme quand j'ai commencé... et la plupart des gens veulent quelqu'un en permanence. Elle ne pouvait pas mentir là-dessus. Au bout du compte, j'ai pensé à quelque chose que j'avais déjà essayé... j'ai écrit aux responsables de toutes les résidences où je travaillais et je leur ai demandé si je pouvais nettoyer leurs cours une fois par mois, tout en faisant leurs escaliers une fois par semaine ; c'est comme ça que je me suis remis à flot, quand on a eu du retard dans nos paiements. Alors j'ai demandé à chacun de mes employeurs s'il avait entendu parler de n'importe quel travail exceptionnel ou temporaire.

— Et vous avez demandé à l'Anglais ?

— Non, non, je le connaissais pas, même si je l'avais vu, bien sûr. J'ai demandé au signor Cesarini, parce que c'est lui le patron de cet immeuble et qu'il est responsable de mon travail. Au début, il a dit non, puis il a changé d'avis. Il m'a dit que l'appartement de l'Anglais avait besoin d'être nettoyé, qu'il en était propriétaire et qu'il était dégoûté de l'état du logement. Il a déclaré que le ménage méritait d'être fait de fond en comble, mais tout devait être fini d'ici trois semaines ; ce qui voulait dire un emploi à temps plein rien que pour cette période. C'était juste ce qu'on voulait.

— Alors la signora est allée travailler. Est-ce que ça lui plaisait ?

— Elle avait pas l'air de s'en plaindre. C'était un sale boulot quand même, tellement l'endroit était crasseux, qu'elle disait ; ça devait faire des années qu'on y avait pas touché. Malgré tout, c'était un soulagement de ne pas avoir à se soucier des questions d'argent, de savoir que je serais avec elle quand...

» Parfois, on avait l'habitude de prendre le petit déjeuner ensemble au bistrot... une chose que j'avais jamais faite, mais on a dû le faire un matin, parce qu'on était un peu en retard, qu'elle s'est pas sentie bien pendant la nuit ; ça lui a tellement plu que je me suis dit qu'on le ferait le plus possible. Elle aimait quand je passais la prendre, aussi, le soir, alors je changeais ma tournée et je finissais par ici, pour qu'on puisse rentrer à pied ensemble à la maison.

— Votre femme avait-elle une clé de l'appartement de l'Anglais ?

— Non, jamais. D'habitude, il se levait et lui ouvrait la porte, et puis il retournait se coucher. Y a des gens comme ça, qui font confiance à personne. Des fois, il se levait plus tard et il sortait.

— Il ne s'est jamais opposé à sa venue ? Après tout, l'idée ne venait pas de lui.

— Non... il se contentait de l'ignorer... Le signor Cesarini avait dit à ma femme ce qu'elle devait faire, de nettoyer les sols et les fenêtres, la cuisine et la salle de bains, mais de pas toucher aux meubles du salon ou de ne jamais entrer dans la chambre à coucher. Il avait coutume de la fermer à clé quand il sortait... l'Anglais, je veux dire.

— Et il l'a toujours ignorée ? Il n'a jamais...

L'adjudant hésitait, mais il fallait poser la question et lui saurait mieux l'aborder.

— Il n'a jamais importuné votre femme... essayé de... ?

— Non ! répondit Cipolla en rougissant. Quelle idée... il lui a jamais causé ! Jamais rien...

— Entendu, entendu. Je devais vous le demander, parce que d'autres vous le demanderont.

L'adjudant l'observa avec attention.

— Parce que si c'était le cas, la situation serait plus facile pour vous, très facile en définitive... un crime passionnel.

— Mais c'est pas ce qui s'est passé.

Pas la moindre étincelle d'hypocrisie sur sa figure.

— Entendu. Comprenez seulement que c'est la raison que je devais connaître, et pourquoi d'autres vous poseront la question. Ce n'est pas une réflexion désobligeante sur votre épouse. Maintenant racontez-moi ce qui s'est vraiment passé.

— Il l'a pas payée.

— Quoi ? Jamais ?

— Non. On s'attendait à ce qu'il paie chaque semaine au début, mais il se trouve qu'il était sorti le vendredi, où elle a fini son travail. On a commencé à s'inquiéter, surtout parce que Milena avait découvert des factures impayées dans tout l'appartement, quand elle faisait le ménage. On en a discuté et j'ai décidé d'aller voir le signor Cesarini. Il a ri en disant que l'Anglais était un vieil avare, mais qu'il finirait probablement par payer.

— Probablement ?

— Oui. Je lui ai dit qu'on avait besoin d'argent, qu'on avait des factures à payer... j'ai pas eu l'impression que je pouvais lui fournir la véritable raison, peut-être que j'aurais dû le faire ; alors il a ri encore une fois et m'a donné une claque sur l'épaule. Il a dit : « Personne ne paie ses factures en Italie ! Oubliez ça et amusez-vous ! » Milena a décidé d'essayer de demander à l'Anglais, alors qu'elle était même pas certaine qu'il comprenne l'italien.

— Et c'était le cas ?

— Oh oui. Il parlait avec un drôle d'accent, mais malgré tout... il lui a demandé : « Est-ce que c'est moi qui ai décidé que vous deviez travailler ici ? » « Non, c'est pas vraiment vous mais... » « Qui s'en est occupé ? » « Le signor Cesarini. » « Alors, c'est lui qui vous paiera, pas moi. Je n'ai rien à voir avec ça. » Il lui a dit de sortir, si elle voulait pas faire le travail, qu'il s'en moquait de toute façon et que si elle l'agaçait trop, il appellerait la police et l'accuserait de lui avoir volé des choses, ou de se trouver chez lui sans sa permission, et que Cesarini le soutiendrait. Comme elle s'en allait toujours pas, il l'a menacée avec le revolver qu'il gardait dans son bureau.

— Est-ce qu'elle n'a pas eu peur de lui ?

— Dans son état, pourquoi est-ce qu'elle aurait eu peur ?

— Et vous ?

Cipolla baissa la tête.

— C'était un homme drôlement costaud. Pour son dernier jour de travail, Milena a décidé qu'elle s'en irait pas sans son argent, peu importent les menaces qu'il lui ferait. Après tout, elle avait rien à perdre. Mais lorsqu'elle s'y est rendue, il était sorti... ou alors il a pas voulu répondre, tout simplement. Elle y est retournée jour après jour, mais elle a jamais pu entrer, et puis la maladie a fini par reprendre le dessus...

— Comment vous êtes-vous débrouillés ?

— Je savais plus à quel saint me vouer. Ma sœur m'a donné ce qu'elle pouvait et elle descendait nous préparer un peu à manger, chaque matin, avant de repartir en vitesse s'occuper des enfants. Les voisins passaient aussi. Mais ça la fatiguait d'avoir des gens à la maison, à qui elle devait faire la conversation ; elle avait besoin de moi. Elle avait besoin de moi et je pouvais pas être là... Vous savez combien ça coûte, la morphine ? Je comprends pas comment ils font, ces drogués. Et j'avais promis d'être avec elle, j'avais promis...

À travers les vitres de la cuisine, on voyait briller le soleil rouge et bas dans le ciel, mais la lumière déclinait déjà. Un groupe d'enfants, y compris sans doute les neveux et nièces de Cipolla, jouait sous la fenêtre, dans le terrain vague que l'adjudant appelait son jardin et qu'il ne laisserait jamais remettre en état par ses voisins déconcertés. Les gamins s'y amusaient chaque jour et l'adjudant faisait comme si de rien n'était. S'il souhaitait la paix et la tranquillité, il se faisait voir, par-derrière, à la fenêtre, et les gosses décampaient. Puis le remords le saisissait pendant dix minutes, jusqu'à leur retour. Il se leva et leur laissa entrevoir sa veste noire et son col galonné, craignant que leurs cris joyeux ne viennent troubler le petit nettoyeur d'immeuble.

— Y a l'adjudant ! Sauve qui peut !

Ils détalèrent comme des lapins apeurés.

— Racontez-moi cette fameuse nuit.

Cipolla se tordait et se retordait les mains sur ses genoux.

— Ma sœur était là. D'une certaine façon, Milena avait été très déprimée dans la semaine... peut-être que c'était la morphine... elle dormait le plus clair du temps... Pas d'un sommeil naturel, ses yeux restaient mi-clos et elle ronflait. Milena n'avait jamais... mais quand elle était réveillée, on aurait dit qu'elle avait oublié ce qui lui arrivait et elle parlait de ce qu'elle ferait, quand elle serait de nouveau sur pied... c'était pire que lorsqu'elle était déprimée... Je ne devrais pas dire ça, ça devait être mieux pour elle. Cette nuit-là, sur le coup de minuit, elle était éveillée et semblait fiévreuse, nerveuse. Elle a demandé à ma sœur un miroir. Ses cheveux étaient devenus tout gris depuis un mois environ, mais je pense pas qu'elle s'en soit rendu compte... Pourtant, on pouvait pas lui refuser.

» "Comme je suis affreuse ! elle a dit en se voyant, je crois que je vais aller chez le coiffeur, dès que j'irai mieux... Je peux me le permettre, maintenant que j'ai un travail, tu sais. Qu'est-ce que tu dirais si je me faisais teindre en blonde ? Je m'ennuie, tu le sais ?" Puis elle s'est mise à réclamer sa mère. Elle était morte quand Milena avait treize ans. Alors on a compris... ma sœur a enfilé son manteau et a couru chercher le prêtre...

» Après le sacrement, elle était beaucoup plus

calme. Elle a reparlé une seule fois avant... je me rappelle plus trop ce qu'elle a dit.

» Lorsque les femmes sont venues, elles m'ont envoyé dans l'autre pièce. L'une d'entre elles m'avait apporté de la *grappa*, encore que je ne boive pas d'habitude.

» Ça paraissait durer longtemps... la chambre était si silencieuse et j'avais l'impression d'étouffer. Au bout d'un moment, je me suis éclipsé à l'extérieur.

— Vous rappelez-vous où vous êtes allé ?

— Je crois... j'ai pris le Ponte Vecchio et j'ai traîné dans le centre, en cherchant les lumières de Noël.

— Est-ce que vous pensiez à Noël ?

— Non. J'avais juste besoin de me concentrer sur quelque chose... Je suis revenu en traversant la Santa Trinita, je m'y suis arrêté une minute...

— Vous pensiez déjà au fleuve à ce moment-là ?

Son visage rougit et ses yeux se détournèrent de l'adjudant.

— Non... c'était après... non.

— Aviez-vous l'intention d'aller voir l'Anglais ?

— Non, pas du tout, c'est venu comme ça, c'est tout. Je suis rentré par la Via Maggio, j'ai alors pensé à l'argent... mais juste quand je suis passé devant la porte du 58, elle s'est ouverte.

— Avez-vous vu quelqu'un ?

— Non... du moins, je pense que le vigile devait se trouver dans la rue. Je crois l'avoir vu dans un des immeubles, mais la rue, elle est pas bien éclairée... y avait personne d'autre. Lorsque j'ai vu la porte s'ouvrir brusquement, je suis entré... je sais pas ce que j'allais faire. C'était trop tard pour l'argent, mais malgré tout, il aurait dû la payer... J'ai refermé la porte.

— Avez-vous appuyé sur la sonnette ?

— Non. La porte de l'appartement s'est ouverte devant moi aussi, comme s'il m'attendait. Ça m'a pas paru bizarre, sur le coup... Est-ce que quelqu'un va me croire ?

— Ils vous croiront. Il attendait quelqu'un, mais pas vous.

— Alors, c'est pour ça... Je suis entré et j'ai fermé la porte. Il s'en éloignait, comme s'il venait de l'ouvrir. Quand il s'est retourné et m'a vu, je suppose qu'il a eu une frayeur. Il a pris un air horrifié et s'est mis à parler rapidement en anglais. J'ai commencé à exiger l'argent de Milena. Il a essayé de me flanquer dehors, en me disant de sortir, en italien, et il a même pris le revolver.

— Aviez-vous peur qu'il l'utilise ?

— Je ne pense pas. Y avait un truc qui sonnait faux ; c'était pas normal, même dans ces circonstances.

— Qu'avez-vous fait ?

— J'ai refusé de partir. J'ai dit qu'il pouvait appeler la police si ça lui plaisait ; je pense que j'ai dit que je vous connaissais. Il avait le visage livide. Il a laissé tomber l'arme sur un siège et s'en est pris à moi...

— Il vous a frappé ?

— Il m'a giflé, murmura Cipolla. En pleine figure, comme si j'étais un gosse. Il a déclaré que ma femme était une voleuse et qu'elle avait pris des choses pendant qu'il était sorti, qu'il l'avait répété à tout le monde sur la piazza, il... il... je devais me trouver en face de la chambre, à ce moment-là. C'était ouvert et y avait de la lumière. Il m'a soudain lâché et s'est précipité sur la porte, comme s'il m'avait oublié...

— Le coffre-fort, marmonna l'adjudant. Il était ouvert ; il avait peur que vous ne le voyiez.

— J'ai rien vu... je savais pas ; j'ai pris le revolver, alors, sur le fauteuil. Je sais pas comment m'en servir, mais je voulais faire quelque chose, quelque chose pour qu'il me remarque. Je l'ai pointé vers la porte de la chambre, alors qu'il la franchissait. J'ai fermé les yeux et j'ai attendu. Puis j'ai tiré. J'ai tiré...

— Mais il ne l'avait pas franchie ?

— Non, je comprends pas ce qui s'est passé. Je ne m'attendais pas à le voir, quand j'ai tiré. Lorsque j'ai rouvert les yeux, il était là, l'espace d'une seconde, la main sur la poignée...

— Il la refermait...

— Peut-être. Puis il est tombé.

— Qu'avez-vous fait ?

— Sur le moment, rien. Je suis resté planté là. J'ai entendu quelqu'un à la porte d'entrée, j'en suis sûr.

— Une seule personne ?

— Je pense... des pas feutrés dans le hall, puis qui montaient l'escalier, et ensuite...

— Ensuite, vous êtes allé dans la salle de bains et vous avez vomi.

Le petit homme fit un bond. C'était la seule chose qu'il n'avait pas voulu confier.

— Et vous avez rendu au pont, aussi. Combien de verres de grappa avez-vous avalés ?

— J'arrive pas à m'en souvenir. Je sais pas combien y en avait dans la bouteille. C'est juste que je bois pas, je suis pas habitué... Est-ce que vous serez obligé de le répéter aux autres ?

— Oui. Mais ils comprendront que vous n'aviez pas l'intention de vous saouler. Après tout, c'est quelqu'un d'autre qui vous a offert la boisson et vous n'étiez pas en état de savoir ce que vous faisiez.

Et c'était le seul détail à mettre à l'actif de sa tentative de discussion avec le costaud anglais.

— Alors vous avez décidé de me téléphoner ? Il devait être encore très tôt le matin ?

— Il était quatre heures, y avait une pendule sur

le bureau. Je me suis assis pour attendre une heure raisonnable.

— Vous vous êtes assis ?... Vous n'avez pas songé à appeler un médecin ? Et si...

— Oh non, répondit calmement le petit homme. Oh non, parce qu'il était mort...

Son regard dénué d'expression présentait des pupilles dilatées.

— Oh non. Il avait les yeux ouverts. J'ai regardé. Et ses dents ressortaient... oh non, oh non !...

Cipolla pencha la tête en arrière.

— Tenez-le !

L'adjudant se leva d'un bond, mais Bacci fut plus rapide. Le corps frêle remuait comme si quelque main invisible le secouait de spasmes rageurs. Son souffle s'était mué en de bruyants grognements.

— Donnez-lui de l'eau.

L'adjudant le tenait à présent et ne cessait de lui répéter :

— Laissez-vous aller, l'ami, laissez-vous aller...

Cipolla garda ses pupilles dilatées fixées sur l'adjudant, tout le temps que dura sa crise. Soudain, les yeux se plissèrent, pour quasiment se fermer, et il retrouva sa voix, haut perchée et éraillée, mais c'était la sienne.

— Qu'est-ce que j'ai fait ? Oh, adjudant, mais qu'est-ce que j'ai fait ?

— L'eau, monsieur.

— Tenez, buvez ça, et prenez votre temps.

— Que va-t-il lui arriver ? s'enquit le carabinier Bacci dans un chuchotement.

Il avait apporté leurs manteaux. Cipolla se trouvait dans la salle de bains, car l'adjudant avait insisté pour qu'il se lave et se rase, avant leur départ.

— Il va aller aux Murate[1], grommela son supérieur, à quoi vous attendiez-vous ? Vous vouliez un meurtrier et à présent vous en avez un. Il ne répond sans doute pas à vos espérances, mais c'est bien lui. Quant à ce qui l'attend... qu'est devenu mon parfait étudiant ? Articles 62, 62 *bis* de votre Code pénal. Relisez-les, il se pourrait bien qu'ils signifient quelque chose pour vous, à présent.

— Oui, monsieur.

— Et ressaisissez-vous, carabinier Bacci ! Nous avons encore du pain sur la planche.

— Oui, monsieur.

Bacci, visage pâle et œil sombre, tenta de lisser son uniforme froissé et poussiéreux.

— Surveillez le téléphone, en notre absence.

L'adjudant boutonna son manteau et prit le temps de déclarer :

— Ne vous inquiétez pas. Il est tout à fait possible que le verdict soit celui d'une mort accidentelle. Et quand il sortira, je serai là pour l'aider. Tout bien considéré, on est tous italiens... même nous, les Siciliens, hein ?

— Oui, monsieur... mais... vont-ils le croire ?

— Et vous ?

1. Murailles. *(N.d.T.)*

CHAPITRE III

— Eh bien, celui-là, ils nous l'ont sorti d'un chapeau, observa l'inspecteur, tandis que le fleuve, rose et violacé sombre, sous les derniers rayons du soleil, coulait sous leurs yeux.

Des points lumineux surgissaient çà et là dans le crépuscule.

— Pensez-vous que la famille va maintenir les poursuites ?

— Ça m'étonnerait fort.

Lors de leur dernière visite au bureau du capitaine, on leur avait appris que la famille Langley-Smythe avait le droit de se porter partie civile, lorsque l'affaire serait jugée, mais puisque l'accusé n'était pas en mesure de payer des dommages, cela ne servirait qu'à attirer l'attention...

On avait déjà retrouvé le couple de domestiques impliqués dans les cambriolages de villas, et ils étaient en train de parler. L'inspecteur principal n'avait pas pu, bien sûr, s'exprimer au nom de la famille, mais il pouvait affirmer qu'il jugeait cela peu probable...

La jolie rousse du consulat s'était présentée avec certains documents concernant le corps qui nécessitaient une signature. Elle avait également apporté un dossier avec deux billets d'avion.

— Nous avons pensé que vous aimeriez rentrer chez vous ce soir, comme c'est le réveillon de Noël. Le vol régulier est parti, j'en ai peur ; il s'agit d'un charter qui atterrira à Luton, mais ils devraient vous proposer un bus à l'arrivée. La dépouille sera sur le vol régulier d'après-demain.

Comme elle refermait sa serviette, Jeffreys se débrouilla pour s'avancer vers elle :

— Je suis content que nous vous ayons rencontrée.

— Pourquoi donc ? fit-elle en souriant.

— Parce que sinon j'en aurais conclu que tous les Anglais d'ici étaient un peu...

— Toqués ? Laissez-moi encore une dizaine d'années, ça ne fait que deux ans que je suis ici.

— Est-ce qu'ils sont *réellement* tous marteaux ?

— Non, non. C'est juste ceux qui restent entre eux, la « colonie ». On les repère assez vite. Il y a des centaines d'Anglais qui travaillent, étudient ici, et ils s'intègrent bien.

— Vous vous intégrez avec beaucoup d'élégance. C'est votre écharpe ?

— Merci.

— Si vous ne nous aviez pas programmés sur un vol, je vous aurais demandé ce que vous faisiez ce soir.

— Et je vous aurais répondu que j'allais à la réception du maire. Si vous ne partiez pas en avion, vous pourriez venir.

— Je reviendrai... pour vérifier si vous devenez cinglée.

— Signora.

Le capitaine s'avança pour lui serrer la main, avec un petit salut solennel de la tête, qui fit un peu rosir le visage de la jeune fille. Aux yeux de Jeffreys, le capitaine tint cette main au moins une seconde de trop, et lorsque le lieutenant, venu l'escorter pour sortir, fit claquer son épée en arrière et salua aussi, et que tous deux se mirent à bavarder d'un ton aimable en italien, Jeffreys marmonna : « Beaux parleurs. » Et il n'avait pas eu l'occasion de poser son regard sur une seule Italienne. Il avait toutefois trouvé le temps de téléphoner au carabinier Bacci à la *stazione* Pitti, avant leur départ, pour lui dire :

— À propos de ce revolver... je pense que vous devriez parler avec la fillette au pistolet à eau rose...

— Vous savez quoi ? dit l'inspecteur principal, songeur, comme ils défaisaient leurs ceintures de sécurité, il se pourrait bien qu'un jour je tente Florence pour les vacances. Je pense que ma femme aimerait les magasins.

— Vous n'avez pas trop détesté la cuisine, alors ?

— Non... concéda le chef avec générosité, je ne peux pas vraiment dire que quoi que ce soit m'ait déplu en particulier...

Puis leurs préjugés reprirent confortablement leur place, prêts pour le retour au pays.

— À propos, murmura l'inspecteur principal, lorsqu'ils eurent tous deux fermé les yeux pour faire un somme, quelqu'un a-t-il fait mention de ce qui est arrivé au revolver ?

— Non, répondit Jeffreys, en gardant les paupières fermées, mais ils l'ont sans doute découvert à l'heure qu'il est.

Ce ne fut qu'après avoir provoqué les larmes de sa mère, et quelques paroles sévères de la part du capitaine, que Giovanna conduisit le carabinier, et lui seulement, dans la cachette, au fond d'un petit placard à jouets, où elle avait placé son trésor, emballé dans un album de bandes dessinées.

Elle l'observa avec appréhension, tandis qu'il déballait l'objet, puis il l'ouvrit et la regarda. Sans un mot, elle fit tomber les balles de la poche frontale de son survêtement.

Aux questions du capitaine, à savoir si elle avait su depuis le début où se trouvait le revolver, si c'était ainsi qu'elle avait compris ce que signifiait la détonation, et si elle avait d'abord été réveillée par la porte, avant d'entendre le bruit une seconde fois, elle répondit par un silence, les yeux écarquillés.

En les raccompagnant, la signora Cipriani demanda au capitaine :

— Vous ne pourriez pas... me tenir au courant ? Sur ce qui va arriver à l'agent d'entretien... je veux dire ? Il avait l'air tellement... je ne sais pas, mais si je peux faire quoi que ce soit pour aider... le pauvre homme ; et cette pauvre Martha... Je devrais être à l'hôpital en ce moment, mais Vincenzo... il avait un client à voir, alors...

— C'est fort gentil à vous, signora, répondit le capitaine, en expédiant secrètement Vincenzo au diable, je vais sans doute...

Il sentit le regard sévère et innocent de Bacci sur lui.

— Je vais sans doute, reprit-il, tâcher de vous tenir informée. Si je ne suis pas trop occupé moi-même, je peux vous envoyer un brigadier...

— Merci... bonne soirée...

— Bonne soirée, signora.

À l'extérieur, le carabinier Bacci observa le capitaine partir dans sa voiture et rêva, lui, d'être conduit au Club des officiers pour le dîner, tout en se demandant pourquoi cette perspective rendait le capitaine aussi lugubre. Bacci était épuisé mais ne pouvait encore se résoudre à rentrer chez lui.

Il traversa la petite piazza et passa devant la *stazione* Pitti, en direction du Ponte Vecchio, et suivit inconsciemment l'itinéraire emprunté par l'homme de ménage, lors de cette nuit désastreuse. Il avançait d'un pas lent, absorbé par ses pensées, sans remarquer les bijoux qui étincelaient dans les minuscules vitrines le long du pont ou les gens qui le bousculaient et lui barraient le passage. Il faisait tout à fait sombre lorsqu'il se retrouva Piazza della Repubblica. Il se tint dans un coin, parmi la foule en mouvance, et regarda sans le voir le panneau géant indiquant « Cynar » dont les lettres éclairées au néon clignotaient encore à l'horizon. La vitrine du grand magasin non loin de lui était remplie de skis rouges et bleus. Il se laissa entraîner par les passants pour traverser la place et rejoindre l'arcade du bureau de poste. Il ne pouvait chasser la peur qui l'habitait, comme s'il se trouvait à la place du nettoyeur d'immeuble. Car l'espace d'une demi-heure, il avait réellement cru...

En fin de compte, il avait dit à l'adjudant qu'il croyait être lui-même suspecté. Les grands yeux de son supérieur avaient failli jaillir de leurs orbites, d'abord sous la surprise, puis sous l'hilarité.

— Vous ? Carabinier Bacci, vous êtes un vrai remontant ! Je n'aurais jamais cru pouvoir rire de quoi que ce soit aujourd'hui !

— Mais j'étais là-bas, monsieur, les deux fois, du moins ça donnait l'impression que je m'y trouvais et...

— Et l'heure du décès ? Et votre mobile ? Et quelle arme avez-vous sur vous ?

— Un Beretta calibre 9, monsieur, mais...

— Carabinier Bacci, vous êtes un jeune imbécile, je pense vous l'avoir déjà dit.

— Oui, monsieur, je sais que j'aurais dû penser à tout cela, mais ce n'est pas uniquement cela, ou sinon je ne vous en aurais pas parlé... Ce que je veux dire, c'est que, si j'avais pu y penser, ne serait-ce qu'une minute, que je puisse... me trouver dans l'autre camp, au lieu de me sentir dans la peau d'un policier, eh

bien, peut-être que je ne serais jamais devenu policier. J'ai décidé d'abandonner.

— *Ah oui ?*

Ce ne fut qu'à cet instant que l'adjudant leva le nez des bagages qu'il préparait.

— *Oui, monsieur.*

— *À l'avenir, carabinier Bacci, vous allez d'abord éviter de prendre les bus en chasse et surtout de chercher le danger à tout prix, et vous garderez les yeux aux aguets sur les petits détails de la vie ; comme le fait que les gens ne vont pas au travail, lorsque leur femme vient de mourir, qu'on ne voit pas un homme d'entretien comme Cipolla se promener sans son balai-brosse et son seau... que les gens portent un manteau en décembre ! Et vous en référerez à un officier supérieur, à moins que vous ne pensiez pouvoir vous débrouiller tout seul. Est-ce clair ?*

— *Oui, monsieur.*

— *Et vous finirez par devenir un bon policier, si toutefois vous ne vous laissez pas dépasser par votre enthousiasme au point de vous tirer dessus par accident.*

— *Oui, monsieur. Mais... le capitaine n'a pas...*

— *Le capitaine, carabinier Bacci, est un brave homme, un homme sérieux... et cela fait trop longtemps qu'il vit en caserne. Il est temps qu'il se marie. Maintenant, filez. Votre mère doit vous attendre... et ne voyez-vous pas que j'ai un train à prendre ?*

— Eh bien, carabinier, que puis-je faire pour vous ?

Bacci se rendit compte qu'il fixait un étalage de plantes et de fleurs sous la lumière, le long de la façade du Palazzo Strozzi. Le fleuriste piétinait sur place pour se tenir chaud et attendait avec impatience sa réponse. Il y avait des sachets de gui sous cellophane, noués par un ruban rouge, et des poinsettias, rouges et blancs. Il se rappela n'avoir rien acheté pour sa mère.

Il en choisit un rouge et l'emporta, emballé dans du papier vert et blanc. Les lumières et la foule de la Via Tornabuoni formaient presque une sorte d'atmosphère sous cloche. Les fourrures qui ne cessaient de l'effleurer et le mélange des capiteux parfums des femmes les plus riches faisant leurs emplettes de Noël lui donnaient l'impression de suffoquer, et il gagna le fleuve et le pont Santa Trinita.

Deux Sardes en cape noire jouaient le triste cantique de Noël sur leurs cornemuses en peau de chèvre. Il s'arrêta et leur glissa la pièce. Il ne se sentait pas ému, juste sensible, fragile, comme quelqu'un qui recouvre ses forces après un accident. La seule pensée qui apaisa ses nerfs à vif fut qu'il restait quelqu'un de bien robuste dans son univers, à savoir l'adjudant.

— Et voici mon second petit-fils, la photo de sa première communion... on dit qu'il me ressemble, et je pense que c'est vrai. Regardez ça, c'est moi il y a trente ans sur mon permis de conduire, on est loin de s'en douter... j'avais déjà la moustache à cette époque, bien sûr, mais quand même...

Le grand ami de l'adjudant depuis dix minutes possédait un énorme portefeuille usé, rempli de photographies, et avait hâte de partir, alors que le train attendait encore au quai numéro 10 et n'accusait aucun signe de vouloir quitter Florence. Le wagon était déjà plein, en dépit du fait que les trains spéciaux transportant les travailleurs émigrés d'Allemagne et de Suisse étaient partis les nuits précédentes, à l'insu de la population habituelle. L'adjudant était coincé dans un siège contre la vitre, face à son volubile nouvel ami aux photographies. Il était content de prendre son temps. Ils avaient une nuit et toute une journée devant eux, et ses propres photos se trouvaient dans sa poche poitrine.

Une annonce résonna dans toute la gare en ébullition.

— C'est nous, informa le compagnon de l'adjudant, qui se révélait un voyageur aguerri et exubérant.

Il s'était emparé des bouteilles d'eau de tout le monde et avait forcé un porteur qui passait à les remplir au robinet du quai, en disant :

— Est-ce qu'ils s'imaginent qu'on est des touristes qui peuvent payer mille lires une bouteille d'eau minérale... vous savez combien ça coûtera dans deux jours ?

« L'express 597 de 19 h 49, qui dessert Rome, Naples, Reggio de Calabre, Syracuse et Palerme, attend les voyageurs au quai numéro 10. L'express 597... »

— Il attend ? Il attend qu'on lui serve le thé, sans doute...

« Les passagers pour Syracuse et Palerme... »

Les gens continuaient à monter dans le train, mais beaucoup restaient dans les couloirs, debout ou assis sur leurs frêles valises. Et tous avaient dû payer pour une place assise.

— Pauvre Italie, reconnut le passager bavard, en croisant le regard de l'adjudant, qui roulait des yeux en direction de ces malheureux. Il faut s'armer de patience, c'est tout ce dont on a besoin. Regardez ce couple dans le coin.

Un duo minuscule, mari et femme, tous deux aux cheveux gris, mais on avait peine à leur donner un âge.

— À les voir, vous ne le croiriez pas si l'on vous disait depuis combien de temps ils voyagent. Je ne suis monté qu'à Valenciennes, mais ils descendaient d'Allemagne — lui travaille là-bas, c'est tout ce que j'ai réussi à savoir —, mais ils ont manqué une correspondance quelque part et ils n'avaient pas la moindre idée de ce qu'ils pouvaient faire. Je pense qu'ils ont passé au moins une nuit assis, raides comme des piquets, comme en ce moment, ou sur je ne sais quel banc de salle d'attente. La vie est dure... et je vous parie que lorsqu'on éteindra les lumières ce soir, ils ne bougeront pas. Ils resteront assis comme ça, jusqu'à ce qu'on arrive à Reggio de Calabre, c'est là d'où ils viennent, ils me l'ont dit... Moi, j'aime me mettre à mon aise...

L'adjudant ne voyait pas comment il allait se débrouiller. Leurs genoux étaient collés les uns aux autres et quatre femmes corpulentes les séparaient du couple silencieux dans l'autre coin.

— Et je sais en tout cas, poursuivit son compagnon sur le ton de la confidence, qu'ils n'ont plus de victuailles. Je suppose qu'ils ont juste apporté le minimum... ils ne veulent rien de moi, je leur ai proposé.

L'adjudant, lui aussi, avait sa miche de pain et un sachet en papier sulfurisé, rempli d'olives noires.

« L'express 597 à destination de Palerme va partir du quai numéro 10. Dix minutes de retard. L'express 597... »

— Ça pourrait être pire... je suppose que vous allez à Palerme, comme moi ?

— Syracuse.

Un homme poussait un chariot de journaux brinquebalant sur le quai, en criant :

— Glissements de terrain dans le Sud ! Des centaines de sans-abri pour Noël ! Glissements de terrain...

La main de l'adjudant alla aussitôt vers sa poche poitrine, contenant ses photos, mais l'homme passa dans un bruit métallique sous leur vitre, en braillant :

— Éboulements ! Éboulements à Puglia, des centaines de...

La main de l'adjudant retomba. Les portières claquaient tout au long du convoi. On entendit un coup de sifflet.

— Je veux vous montrer quelque chose à présent.

Son ami rouvrait son portefeuille, comme le train s'ébranlait, en faisant clignoter les lumières. Mais les gros yeux de l'adjudant ne cessaient d'errer vers le couple dans l'autre coin du wagon. L'existence de tant de gens ne tenait qu'à un fil ; ils se débrouillaient pour s'en sortir, « rester dans le droit chemin », mais si quoi que ce soit clochait, une semaine sans salaire, c'était pour eux une tragédie, car ils n'avaient aucune autre ressource, hormis leurs familles qui s'avéraient aussi pauvres qu'eux-mêmes.

Dans son coin, le petit homme grisonnant affichait cette expression humble, patiente... et ses cheveux se dressaient sur son crâne, lui aussi... c'était sans doute sa femme qui les lui coupait. Les manches de son costume étaient trop courtes...

L'expression du visage de Cipolla, lorsqu'il l'avait quitté...

— *Merci, adjudant...*

Pourquoi ces deux-là dans leur coin ne pouvaient-ils pas au moins se parler entre eux ? C'était leur résignation muette qui... et le costume était élimé de surcroît...

— Quelque chose ne va pas, adjudant ? Je n'ai pas dit quoi que ce soit qui... ?

— Non, non, répondit machinalement Guarnaccia, en prenant d'une main la photo qu'on lui tendait, tandis qu'il sortait ses lunettes de l'autre. Rien du tout. C'est juste une indisposition que j'ai, une allergie. C'est dû au soleil...

Et il se pencha sur la photo sans remarquer l'expression stupéfaite de son interlocuteur, qui, bouche bée, regarda le visage de l'adjudant puis la vitre, où les dômes illuminés et les tours de Florence disparaissaient dans la nuit.

Imprimé en France sur Presse Offset par

BRODARD & TAUPIN

GROUPE CPI

La Flèche (Sarthe), 9468

N° d'édition : 3283
Dépôt légal : octobre 2001